PAUL CHEVALIER

NOUVELLES
POÉSIES INTIMES

PARIS
IMPRIMERIE D. JOUAUST
Rue Saint-Honoré, 338

M DCCC LXXXIII

NOUVELLES
POÉSIES INTIMES

PAUL CHEVALIER

NOUVELLES POÉSIES INTIMES

PARIS
IMPRIMERIE D. JOUAUST
Rue Saint-Honoré, 338

M DCCC LXXXIII

PRÉFACE

AUX LECTEURS

DE MON PREMIER VOLUME

A la muse longtemps fidèle
Ayant acquitté mon écot,
J'avais amarré ma nacelle,
Ne comptant plus la mettre à flot;
Je suis peu sensible à la gloire :
Si j'en fais mon Confiteor,
Chers lecteurs, vous pouvez me croire,
Et voici que je rime encor.

Or, si j'ose poursuivre une œuvre
Qui fut l'objet de mon amour,
Ai-je donc fait quelque chef-d'œuvre
Vraiment digne de voir le jour?

J'en doute fort, mais l'indulgence
Qui vous fit fêter mes essais
M'oblige, après votre insistance,
A condescendre à vos souhaits.

Un jour arrive où la vieillesse
Manque du souffle inspirateur,
Il n'appartient qu'à la jeunesse,
Vous le savez bien, cher lecteur.
Pour sentir la divine flamme
Je suis si loin de mon printemps!
S'il faut chanter, ah! sur mon âme!
Rendez-moi mon cœur de vingt ans.

Quand vient la première gelée
La feuille tombe, et, sort commun,
Ainsi, la jeunesse envolée,
Pour nous la fleur est sans parfum;
Plus d'idéal et plus de rêve,
Et, semblables aux vieux marins,
Tristement assis sur la grève,
Nous regrettons nos beaux matins.

En vous présentant cette excuse
Puissé-je, animé du frisson,

Dernier effort de notre muse,
Arracher encor quelque son
A la vieille lyre insonore
Qui touche au suprême déclin,
Et ces accents être l'aurore
D'un été de la Saint-Martin!

Janvier 1883.

PREMIÈRE PARTIE

HEURES PERDUES

(SUITE)

I

LE BONHEUR N'EST PAS UN RÊVE

A Madame T. L.

La terre, on le répète, est un lieu de souffrance,
De pénibles progrès, d'épreuves, de combats;
Mais j'y découvre aussi, grâce à la Providence,
Bien des sources de joie inondant des ingrats.

Après les jours de deuil notre triste vallée
En voit et tour à tour renaître de joyeux;
Ainsi la sombre nuit redevient étoilée
Quand les nuages noirs ont disparu des cieux.

Comme souvent de même aux tristes matinées
Succèdent tout à coup de doux moments de paix
Qui viennent à leur tour terminer nos journées
Et nous faire oublier les temps les plus mauvais.

Cœurs parfois si meurtris, âmes endolories,
Ah ! n'avez-vous pas vu d'éclatantes clartés
Remplacer un beau jour les tristes rêveries
Où trop souvent, hélas ! vous étiez emportés ?

Ainsi revient le calme après les grands orages,
Une douce rosée après les jours brûlants ;
Ainsi sont dissipés tous ces sombres nuages,
Quand passent sur nos fronts ces éclairs consolants.

Et nous sentons alors qu'un élan de puissance
Vers un monde plus haut élève notre esprit
Et lui donne soudain la plus ferme assurance
Qu'ici-bas à jamais l'homme n'est pas maudit.

Aux doux tressaillements qui soulèvent son âme,
Heureux il entrevoit comme un rayon du ciel,
Cet élan le transporte et son cœur tout en flamme
Semble déjà goûter le bonheur éternel !

II

LE COIN DU FEU

A ma Fiancée.

Le doux printemps est plein de charme,
J'aime les fleurs du mois de mai,
Dans les fourrés le gai vacarme
Du pinson, du merle et du geai,
Les prés fleuris et la fougère,
L'oiseau volant sous le ciel bleu,
Et cependant, oui, je préfère
Le coin du feu.

Quand vient l'été, saison joyeuse
Qui fait déserter la maison,
J'aime les chants de la faneuse,
Les gais repas sur le gazon,

Près du troupeau pâtre ou bergère,
Le beau soleil aussi, parbleu !
Et cependant, oui, je préfère
Le coin du feu.

Le vent fraîchit, voici l'automne,
Je cours au bois, hardi chasseur,
De gais refrains l'écho résonne,
Le son du cor charme mon cœur.
Ah ! certes, la chasse m'est chère,
Je puis bien en faire l'aveu,
Et cependant, oui, je préfère
Le coin du feu.

Si l'hiver nous semble plus triste,
N'a-t-il pas aussi ses plaisirs ?
On peut en dresser une liste
A contenter bien des désirs :
Qui n'aime la danse légère,
Les festins, les concerts, le jeu ?
Et cependant, oui, je préfère
Le coin du feu.

Le coin du feu !.. mais c'est un monde
Pour moi surtout bien enchanteur,

C'est là que tout ému je sonde,
Comme un fervent adorateur,
D'un cœur aimé le doux mystère.
Je rêve alors, eh ! oui, mon Dieu !
Voilà pourquoi, moi, je préfère
Le coin du feu !

III

LA SŒUR

A Madame G. D.

Il est dans la famille un être incomparable,
En tout temps et pour tous on ne peut plus aimable,
Qui garde le secret de toujours l'égayer,
De chasser la tristesse et d'adoucir la peine :
        Cette charmante souveraine
        Est le bon ange du foyer.

Laissez-lui ce beau rôle ; aussi bien et le père,
La bonne grand'maman, ou la tante, ou le frère,
Et la mère elle-même avec son divin cœur
Pour ses enfants toujours prodigue de caresses,
        Malgré leurs exquises tendresses,
        Doivent le céder à la sœur.

Voyez-la toute jeune avec son petit frère,
C'est elle qui le garde et, véritable mère,
Ne le laisse jamais courir à l'abandon;
Et plus âgé, s'il tombe en quelque faute grave,
De la façon la plus suave
Elle implorera son pardon.

Puis quand il a grandi, jalouse de sa gloire,
Fière de ses succès, plus qu'on ne saurait croire,
Ah! devant cette sœur, n'importe à quel degré,
N'allez pas rabaisser ou mettre des limites
A ses suréminents mérites,
Cet être pour elle est sacré.

Et même on la verra, cette sœur angélique,
Sacrifice sublime, ou folie héroïque,
Pour lui faciliter quelque riche union,
Renoncer pour toujours au plus beau mariage,
Faisant sans le moindre étalage
Cette surhumaine action.

Heureuse de remplir avec un cœur sincère
Les devoirs effacés d'une seconde mère
Auprès de ces neveux, qui, souvent bien ingrats,

Ne savent pas comprendre, étourdis sans malice,
La noblesse du sacrifice
Qui fait garder ces célibats.

Mais son frère l'admire, et toujours devant elle,
Quand même à ses devoirs il se sait infidèle,
Rougissant en secret de ses honteux méfaits,
Il saura se garder même d'une parole
Qui pourrait ternir l'auréole
Qui rayonne de tous ses traits.

Et, revoyant sans cesse une sœur toujours chère,
Entourée à l'envi de la douce atmosphère
Qui semble refléter, ainsi qu'un pur miroir,
Les plus mâles vertus et la grande innocence,
Subjugué sous cette influence,
Il rentre enfin dans le devoir.

Or, quand le monde a vu, mais plus sublime encore,
Plus d'une femme aussi, depuis sa fraîche aurore
Jusqu'à son dernier jour, et cela de grand cœur,
Soigner les indigents, les blessés, les malades,
A ces angéliques pléiades
Il a donné le nom de Sœur !

IV

LA VEILLE DU RETOUR

Là-bas, au delà des montagnes,
Je vais retrouver mon pays,
Son beau ciel, ses riches campagnes,
Rentrer dans tes murs, ô Paris !
Et cependant mon cœur se serre,
Car si l'absent doit revenir,
Tous ceux qui le fêtaient naguère
Ont-ils gardé son souvenir ?

Prêt à traverser sa frontière,
Quand chacun se sent tout heureux
De fouler la noble poussière
D'un pays cher et valeureux,
Pourquoi toujours, si gai touriste,

A la veille de mon retour,
Me sentir tout à coup si triste
Quand je devrais fêter ce jour ?

Ah ! pendant mon trop long voyage,
Mes amis à leur doux foyer,
Comme il est permis à leur âge,
Sans moi, cherchaient à s'égayer ;
L'absent du souvenir s'efface,
Un autre au cercle est convié,
Et cet autre aura pris la place
Du pauvre touriste oublié.

Mais malgré tout j'espère encore :
Pour moi peut-être avec plaisir,
Devant un foyer que j'ignore,
Un cercle ami va-t-il s'ouvrir !
Et, près de souriants visages,
Demain ferai-je, avec bonheur,
Le récit des lointains voyages
Du nouveau pigeon voyageur.

V

SOUVENIR DE CHÉTIFONTAINE

A mes Cousins C. et J. de B.

Loin de la campagne chérie
Où j'ai goûté tant de bonheur,
Seul au foyer de ma patrie,
Son souvenir remplit mon cœur;
Je revois nos bonnes journées
Pour tous trop vite terminées;
Je pense à vous avec émoi.
Vous qui m'aimez, pensez à moi!

Je crois, amis, entendre encore
De nos chansons ces gais refrains
Que répétaient, depuis l'aurore,
Les échos de tous les chemins.

2

Chantez toujours sous vos ombrages,
Assez tôt viendront les orages;
Mais en chantant, eh! oui, ma foi,
Vous qui m'aimez, chantez pour moi!

Comme ces timbres électriques
Dont on entend jusqu'aux frissons,
De nos exploits cynégétiques
Je crois sentir vibrer les sons.
Vous aimez toujours le vacarme
De ces plaisirs si pleins de charme,
De vos loisirs bien doux emploi.
Vous qui m'aimez, chassez pour moi!

Toujours sous vos fraîches charmilles,
Avec un entrain bien joyeux,
Jeunes garçons et jeunes filles,
Je vous vois reprendre ces jeux
Qu'accompagne un grain de folie,
Chassant loin la mélancolie.
Dans vos rires de bon aloi,
Vous qui m'aimez, riez pour moi!

Déjà quelques flocons de neige,
De l'hiver voici le retour,

Mais pour vous c'est le long cortège
De vos grands bals si pleins d'humour;
Profitant de votre jeunesse,
Vous les goûtez avec ivresse.
Vais-je vous blâmer ? Eh ! pourquoi ?
Vous qui m'aimez, dansez pour moi !

Puis des Rois reviendra la fête,
Et je vous vois, dans un festin,
Pour un soir couronner la tête
Du chef élu par le destin.
Chacun, sous ce règne éphémère,
Bien gaîment remplira son verre
En portant la santé du roi.
Vous qui m'aimez, buvez pour moi !

Mais si là-bas, dans la montagne,
A mon tour frappé par le sort,
Vous deviez, dans votre campagne,
Quelque jour apprendre ma mort,
Est-il besoin que je le dise ?
Quand de votre petite église
S'ébranlera le vieux beffroi,
Vous qui m'aimiez, priez pour moi !

VI

LE TORRENT DE LA VIE

L'enfance sans soucis voit passer ses journées,
Et même bien souvent, malgré leur agrément,
On l'entend répéter que ses jeunes années
Coulent trop lentement.

Mais l'enfance n'est plus, arrive la jeunesse,
Et chacun à l'envi, même aux plus mauvais jours,
Murmure que la vie avec trop de vitesse
Précipite son cours.

Puis quand vient l'âge mûr, ah ! plus rapide encore,
Sans pouvoir l'arrêter, au pas accéléré
Le temps glisse pour nous, s'enfuit et s'évapore
Comme un songe éthéré.

Et quand arrive, hélas ! le déclin de la vie,
Plus nous en avons vu, mon Dieu ! s'accumuler,
Plus précipitamment pour l'âme inassouvie
Les jours semblent couler.

Puisqu'il en est ainsi, ne serait-il pas sage,
Prenant gaîment le temps comme il vient, et toujours,
De laisser s'écouler, sans murmure, à tout âge,
Le torrent de nos jours ?

VII

TOUT PASSE...

SONNET

A E...

Tout passe, tu le sais, le bonheur et la peine,
Et c'est le sort commun de revoir tour à tour,
Comme une sombre nuit après le plus beau jour,
De l'heur et du malheur se dérouler la chaîne.

Si parfois on a dit : Je voudrais être reine,
Un moment envié le bonheur de sa cour,
Bien frêle est le bonheur de son brillant séjour,
Et d'un breuvage amer sa coupé est souvent pleine.

Il n'est donc rien, hélas ! rien de stable ici-bas ?
De nos plus jeunes ans jusqu'à notre trépas,
Ne pouvons-nous fixer pour un temps quelque chose ?

Rien n'est stable, dit-on, en ce triste séjour,
Rien... excepté pourtant, mon ange, ton amour,
Qui me met dans un monde où je vois tout en rose.

VIII

TOAST

A la Croix du Capitaine M...

A votre habit, cher capitaine,
Si la croix d'honneur brille enfin,
Pour moi c'est une bonne aubaine
De la fêter le verre en main,
Et de pouvoir, d'un cœur sincère,
Dire bien haut, au nom de tous,
Que cette croix, qui vous est chère,
Ne vous fera point de jaloux.

C'est à vous, de toute justice,
Qu'il appartient de la porter,
Car de ses états de service
Qui mieux que vous peut se vanter?

Qui donc plus justement s'écrie,
Sans trouver de contradicteurs :
Trente ans j'ai servi la patrie
Sous le drapeau des trois couleurs?

Les jours d'émeute dans nos rues,
On vous vit, tout comme aux remparts,
Donnant l'exemple à nos recrues,
Braver le feu, froids et brouillards ;
Et, plus étonnante merveille,
Sachant échauffer tous les cœurs,
Remplis d'une ardeur sans pareille,
Trouver de nouveaux défenseurs ;

Organiser ces corps de braves
Qui devaient, suivant nos désirs,
Nous délivrer de nos entraves...
Mais écartons ces souvenirs ;
Ne troublons pas cette humble fête
Par le récit de nos douleurs,
Pendant que le pays s'apprête
A réparer tous ses malheurs.

Buvons au salut de la France,
Au bonheur de tous ses enfants,

A la prochaine délivrance
De nos pauvres départements !
A notre Alsace, à la Lorraine,
Que nous aimons si tendrement;
A votre croix, cher capitaine,
C'est le vrai toast en ce moment!

1872.

IX

BOUTADE

Le bonheur est chose éphémère,
Hélas ! même en réalité,
Sur notre misérable terre
A-t-il jamais bien existé ?
Dans la plus simple jouissance
Il est un germe empoisonneur,
Comme sous sa belle apparence
Le fruit renferme un ver rongeur.

L'enfant, voyant poindre l'aurore
De son heureux jour de congé,
Croit au bonheur, mais il ignore
Qu'il sera bientôt abrégé ;
En effet, s'il commence à peine,
C'est pour bientôt s'évaporer ;

Sa joie, hélas! se change en peine,
Car voici l'heure de rentrer.

Un premier bal, ô jeune fille!
Est-il rien de plus enchanteur?
Joyeuse, parée et gentille,
Vous croyez toucher au bonheur;
Mais dans ce salon, votre rêve,
Bientôt que de déception!
On vous néglige, ô fille d'Ève!
Et tout n'est plus qu'illusion.

Autre bonheur, divine joie
Pour la jeune femme ici-bas
Quand le ciel à ses vœux octroie
Un charmant bébé!... Mais, hélas!
Ce bonheur n'est pas sans mélanges,
Et j'ai vu couler bien des pleurs
Que font verser ces petits anges
Bien innocents de ces douleurs.

Jeune, au sourire de la gloire
On éprouve un bien grand bonheur;
Mais, en consultant sa mémoire,

Que court, hélas! fut cet honneur!
Car bientôt, comme la fumée
Qu'emporte le plus léger vent,
Cette première renommée
S'éclipsait aussi promptement.

Cet homme arrive à la fortune,
Par le bonheur favorisé;
Sa joie est-elle sans lacune
Et ne s'est-il pas abusé?
Voyant parmi son entourage
Tant d'amis qui touchaient au port
Si vite un jour faire naufrage,
Qu'il craint pour lui le même sort.

Je pourrais vous décrire encore
Plaisirs charmants et si nombreux
Qu'un rien, mon Dieu! bientôt déflore
Après avoir fait tant d'heureux.
Or dans mon dire je persiste :
Nous cherchons toujours le bonheur,
Mais ici-bas, la chose est triste,
Rien n'est complet que le malheur!

X

A UNE JEUNE FILLE

QUI S'AMUSAIT A FAIRE DES BULLES DE SAVON

Ce que nous désirons nous semble toujours beau,
Mais d'un peu de bonheur es-tu favorisée
Qu'il est bientôt semblable à la bulle irisée
Que lance au ciel ton chalumeau.

Il ne dure un moment sous ton ciel étoilé
Que pour aller rejoindre, ô jeune fille d'Ève,
Ces beaux songes dorés, objet de ton doux rêve,
Au matin si vite envolé.

Si tu veux ici-bas goûter de vrais plaisirs,
Si du bonheur parfait ton âme est désireuse,
Enfant, souviens-toi bien qu'il faut, pour être heureuse,
Savoir modérer ses désirs.

3.

Certains que le bon Dieu prend soin de ses enfants,
Sans jamais murmurer contre la Providence,
Il faut dans sa bonté mettre ta confiance,
Et comme il vient prendre le temps.

Contente de ton sort, laissant les songe-creux,
Aux gens plus fortunés ne porte pas envie,
Et c'est moi qui t'affirme, enfant, que de ta vie
Tous les instants seront heureux.

Comme les globes bleus de tes longs chalumeaux
Ils se succéderont, sois-en bien assurée,
Mais pour avoir toujours avec plus de durée
Des reflets encor bien plus beaux.

XI

POURQUOI VOULOIR...

(SONNET)

A H. C.

Pourquoi vouloir toujours se le dissimuler?
On rencontre ici-bas plus de deuil que de joie,
Et même bien souvent le malheur nous foudroie
Quand sous un ciel plus pur nos jours semblent couler.

Le monde est ainsi fait : voyant s'accumuler
Ces beaux jours qu'on dirait tissés d'or et de soie,
Plus on doit redouter de devenir la proie
De ces coups imprévus qui les feront crouler.

Mais vers un havre sûr, pour guider notre voile
Sur l'océan du monde, il n'est donc point d'étoile?
Sans cesse serons-nous ballottés sans secours?

Oh! je connais un port, je possède une armure,
Un doux baume créé pour toute meurtrissure :
C'est ton cœur, cher Henry, qui m'aimera toujours!

XII

NUIT D'ÉTÉ

Incrédule insensé, vous n'avez donc jamais,
Par une belle nuit sous la voûte étoilée,
De tous les feux divers de ce merveilleux dais
Contemplé la mêlée?

Pendant un seul instant, sous ce riche décor,
Plongé votre regard dans l'immense étendue
Où sans confusion cette poussière d'or
Se trouve répandue?

Essayé de compter, sans être stupéfait,
De ces globes errants dans un ordre admirable,
Dont l'ensemble éclatant nous offre tant d'attrait,
Le nombre incalculable?

Comme aussi de sonder, sans en être écrasé,
La profondeur des cieux, espace sans limite
Qui recule toujours devant l'œil abusé
Et rend l'âme interdite?

Pauvre athée! ah! dis-moi, les deux mains sur le cœur,
Si dans ces belles nuits tu ne sens pas ton âme,
Domptant des préjugés dont tu deviens vainqueur,
Tout à coup qui s'enflamme?

Si tu n'éprouves rien, ah! rêve, rêve encor!
Tu n'es qu'un malheureux voisin de la démence!
Pour moi, je crois au Dieu du ciel et du Thabor,
Comme à sa Providence!

XIII

A MAURICE C.

LE JOUR DE SA PREMIÈRE COMMUNION

On te disait, il est un jour,
Le plus beau de toute la vie,
Où le cœur est rempli d'amour,
Où jusqu'au ciel l'âme est ravie ;
N'étais-tu pas bien désireux
De voir enfin venir l'aurore
De ce jour mille fois heureux ?
Tu l'as vu naître, il dure encore.

Et tu redis, j'en suis certain,
Dans un cantique de louanges :
« En me nourrissant de leur pain,
J'ai goûté le bonheur des anges.
Oui, c'est bien le plus beau des jours ;

Il n'en est pas de comparable.
Que ne peut-il durer toujours,
Ce banquet de la sainte table! »

Mais, cher enfant, si le bonheur
Ce matin a comblé ton âme
En recevant ton créateur
Dans ta poitrine toute en flamme,
Ah! jusqu'à la fin de tes jours,
Petit ami, je te souhaite
De conserver toujours, toujours,
Le souvenir de cette fête.

Ne crois jamais l'ami trompeur
Qui te dira que sur la terre
On peut trouver le vrai bonheur
Loin du bon Dien, loin de sa mère;
Ce n'est pas vrai, je t'en réponds.
En les aimant, oui, je t'assure,
Tous les chagrins sont moins profonds
Et toute joie aussi plus sûre.

Aime donc toujours le bon Dieu,
Mets ta confiance en Marie,

Et, de plus, c'est mon dernier vœu,
A ta mère tendre et chérie,
A ton père si bon pour toi,
Ne fais jamais y la moindre peine,
Et ta vie, enfant, oui, crois-moi,
S'écoulera toujours sereine.

1875.

XIV

LE BIEN ET LE MAL

Quand vous voyez souvent, sans sonder ce mystère,
Le mal au lieu du bien l'emporter sur la terre,
En y réfléchissant, oui, vous ferez l'aveu
Que l'homme en est l'auteur, et, s'il est raisonnable,
Dans le fond de soi-même il se dira coupable,
Se gardant bien d'accuser Dieu.

Voyez-vous sans souci cette mère imprudente
Laisser son jeune enfant aux soins d'une servante
Pour voler aux plaisirs ou se livrer au jeu;
Un accident survient, l'abandonné succombe,
Et pendant qu'on la mène à sa petite tombe,
Cette mère accuserait Dieu?

Sous les yeux de son fils un père bien coupable
Étale sans rougir sa vie abominable;

4

Et quand il a vécu dans ce triste milieu,
S'il le voit se livrer aux excès les plus tristes,
On l'entendrait aussi, comme les fiers sophistes,
Sans vergogne en accuser Dieu ?

Et toi, peuple vaillant, trop ami de tes aises,
Des faciles plaisirs, des passions mauvaises,
Acceptant d'un seul chef le trop terrible enjeu,
Si tu perds en un jour et l'honneur et la gloire
Et même plus d'un *pouce*, hélas ! de territoire,
Peux-tu donc en accuser Dieu ?

Je pourrais, et sans peine, accumuler encore
Ces mille maux affreux que le monde déplore :
Guerre, peste, famine, et de l'onde et du feu
Dans la ville et les champs les horribles ravages,
Dont trop souvent, hélas ! ceux qui passent pour sages
Se permettent d'accuser Dieu.

Reconnaissons plutôt, malgré notre misère,
Que l'auteur de tout bien est celui qui sur terre
Veille avec tant d'amour même sur un cheveu ;
Oui, le mal vient de l'homme, et toi, pauvre coupable,
Gémissant sous le poids du fardeau qui t'accable,
Ne tente plus d'accuser Dieu !

XV

A MADEMOISELLE A. P.

QUI M'AVAIT DEMANDÉ DES VERS

Quand, prodigue de votre temps,
Nous vous vîmes à l'improviste,
Comme un beau soleil de printemps,
Égayer un foyer bien triste,

Vous m'avez dit : « Rien qu'un morceau,
Mais pour moi seule il faut l'écrire. »
Dussé-je en perdre le cerveau,
A cet ordre faut-il souscrire ?

Le charme entraînant de vos traits,
Chère Anna, si je ne m'abuse,
Aurait-il, suivant vos souhaits,
Ranimé ma trop vieille muse?

Ou votre pétillant esprit,
Certes plus séduisant encore,
Du vieux rimeur tout interdit
Réveillé le luth insonore?

De l'esprit et de la beauté
Seraient assez, on peut le croire;
Mais vous y joignez la bonté,
Je suis vaincu, chantez victoire!

XVI

ADIEUX AU FOYER PATERNEL

Aux miens.

Il nous faut donc partir ! Te quitter à jamais,
Toit charmant où j'ai vu ma jeunesse abritée !
Aujourd'hui je le sens, l'âme tout attristée,
Doux foyer, je t'aimais !

On n'abandonne pas sans regret un séjour
Où l'on a vu couler plus de vingt-cinq années,
Douloureuses parfois, plus souvent fortunées,
Sans espoir de retour.

N'était-ce pas ici, de tendresse affamés,
Que nous avons goûté les aimables caresses,
Reçu les tendres soins, comme aussi les largesses
De parents bien-aimés ?

4.

Ici que fut dressé le nid de mes amours,
Où cinq lustres durant mon âme fut charmée
Du commerce enchanteur d'une compagne aimée
Qui me comprit toujours?

Ici... mais à quoi bon réveiller ma douleur?
Vous attendez de moi toute une autre peinture,
Et je laisse aujourd'hui la sanglante blessure
Sommeiller dans mon cœur.

Aussi bien, grâce au temps, baume des grands chagrins,
Vous avez avec moi goûté tous, en famille,
De longs jours de bonheur devant l'âtre qui brille
Ou dans nos frais jardins.

Et c'est le gai tableau de ce bienheureux temps
Que je voudrais tracer dans ces modestes rimes,
Sûr que vous goûterez ces souvenirs intimes
De nos jeunes printemps.

En avons-nous passé de ces bons soirs d'hiver
Avec nos chers parents, vous, enfants de tout âge,
Dans ce grand salon rouge égayé d'un tapage
Qui leur était si cher!

Que d'entrain parmi nous et que d'ébats joyeux,
Quand deux fois en huit jours revenait la soirée,
Ah! toujours, suivant nous, de trop courte durée
Pour nos aimables jeux!

Et quand le froid hiver faisait place au printemps,
Pouvons-nous oublier ces charmantes parties,
Dans l'enclos tant aimé ces beaux jours de sorties
Pour tous si ravissants?

L'avons-nous parcouru, cet immense jardin,
Sous les yeux bienveillants du meilleur des grands-pères
Respectant dans nos jeux ces corbeilles si chères
Dont lui-même avait soin?

Combien de fois aussi toutes n'avez-vous pas,
Près de la grand'maman, filles et belles-filles,
Sur la trame en cousant promené vos aiguilles
A l'ombre des lilas?

Mais en vous rappelant ces beaux jours envolés,
Qui laissent dans nos cœurs des regrets unanimes,
Je veux redire aussi mes pensers plus intimes
Sur ces temps écoulés.

Dans ce gai pavillon qu'il faut quitter demain,
Puis-je donc t'oublier, cabinet plein de charme,
Où de si doux moments s'écoulaient sans alarme,
Plume ou livre à la main?

Où retrouver ailleurs un aussi bon abri
Pour y poursuivre encor mes aimables lectures,
Y rêver pour mes vers de plus fraîches peintures
Qu'à ce foyer chéri?...

Bientôt chassé d'ici, pourrai-je vous revoir
Tous encor réunis autour de ma grand'table,
Frères, sœurs et neveux, famille tout aimable
Que j'aime à recevoir?

Quelques jours écoulés, et je vais voir venir
De nouveaux habitants prendre ici notre place,
Et des lieux que j'aimais il ne sera plus trace
Que dans mon souvenir!

Malgré tous ses regrets, malgré tout son dépit,
Il faut bien à la fin boire la coupe amère,
Et s'envoler aussi, quand le père et la mère
Ont déserté le nid.

Adieu, toit paternel qui m'as tant captivé!
Adieu !... mais si je pars la tristesse dans l'âme,
Ton charmant souvenir toujours en traits de flamme
Y restera gravé!

XVII

SOUVENIR D'UNE MESSE BASSE

DANS LA PETITE CHAPELLE DE SOISY.

A Madame L. C.

Je ne puis qu'ébaucher tout ce que me rappelle
Célébrée en silence au fond de ta chapelle,
Par un digne pasteur, la messe du matin :
C'est un rayon du ciel, une douce rosée,
Tombant sur la terre embrasée;
C'est un enchantement divin.

Quand j'ai gagné son seuil un beau matin d'automne,
Ainsi qu'un pèlerin allant à la madone
D'un de ces lieux bénis, mille fois vénérés,
Où la foule se porte avec tant d'espérance,
Comme lui plein de révérence,
Ému, j'ai gravi ses degrés.

Tous les frais ornements du petit oratoire
Sont et seront toujours gravés dans ma mémoire :
Sa Vierge immaculée au-dessus de l'autel,
Ses fleurs sur les gradins souvent renouvelées,
Et vous, parentes assemblées
Pour adresser vos vœux au ciel.

J'ai souvent entendu dans les vastes églises
Des offices pompeux, mais que bien plus exquises
Sont ces messes sans bruit, sans orgue et sans encens,
Apportant à nos cœurs un bonheur ineffable !
Non, jamais rien de comparable
Ne saurait enivrer les sens.

J'ai goûté ce bonheur, cet avant-goût céleste,
Dans tes paisibles murs, petit temple modeste,
Perdu dans le feuillage où chantent les oiseaux
Unissant leurs concerts aux ferventes prières
Montant vers le meilleur des pères,
Toujours si sensible à nos maux.

Me sera-t-il donné de me trouver encore
A cette messe aimée ? Eh ! mon Dieu ! je l'ignore,
N'étant pas un devin pour voir dans l'avenir,

Mais ce que je sais bien, c'est que toute ma vie
Mon âme alors toute ravie
En gardera le souvenir !

1880.

XVIII

IMPROMPTU

ÉCRIT A COURBEVOIE PENDANT QUE JULIE
ASSISTAIT A UNE FÊTE DE JEUNES FILLES.

Pendant que l'écho de la fête
Arrive en mourant jusqu'à moi,
Sous l'ombrage abritant ma tête,
Enfant, mes pensers vont vers toi;
Charmé de te savoir heureuse
Dans ce délicieux séjour,
Je me dis, vers notre chartreuse
Trop tôt sonnera le retour.

Le soleil rit dans le feuillage,
Ce parc est tout rempli de fleurs,
Et comme l'oiseau hors de cage
Tu sembles ne plus croire aux pleurs;

Mais un nuage de tristesse
Sur ce banc assombrit mon front :
Enfant, je pense à ta jeunesse,
Et je suis presque un moribond.

Je n'ai pourtant qu'un but sur terre,
En attendant mon dernier jour,
Petite, remplacer ton père
En te rendant tout son amour ;
Or cette tâche m'est facile,
Car toujours pleine de bonté,
Je te vois, aimable et docile,
Suivre ma moindre volonté.

Mais un vieillard triste et morose
N'est pas toujours gai compagnon ;
A ton âge on voit tout en rose
Et je dois paraître grognon
Quand sur ta lèvre un doux sourire,
Gai comme un beau jour de printemps,
Semble agréablement me dire :
N'oubliez pas mes jeunes ans.

Je le voudrais, chère pupille,
Mais si bien souvent le chagrin

Laisse une marque indélébile
Qu'ignorent seuls les cœurs d'airain,
Il est dans le mien en échange
Un coin pour les chastes amours,
Et ce coin t'appartient, mon ange,
Je te le garderai toujours.

XIX

LES BILLETS DE FAIRE PART

J'ai reçu ce matin deux plis non cachetés,
L'un plus grand, à bordure noire,
Le second plus petit, mais par hasard datés
Du même jour, on peut me croire.

Car ce rapprochement m'a vivement surpris,
Et vous l'auriez été de même
Recevant à la fois, dans ces billets concis,
L'avis d'un décès, d'un baptême.

Une famille heureuse avec un nouveau-né,
Une autre en deuil et dans la peine
Conduisant un parent, bientôt abandonné,
A sa demeure souterraine.

Mais, y réfléchissant, je me disais tout bas :
Pourquoi trouver ce fait étrange,
Quand de joie et de deuil chaque jour ici-bas
Nous voyons le même mélange?

Inclinons-nous devant les décrets éternels
Qui veulent cette alternative,
Que toujours sagement chez nous, pauvres mortels,
Quand l'un s'envole, un autre arrive.

XX

LA GUERRE

Aux Membres du Congrès de la Paix.

Réunissez encor vos turbulents congrès,
Faites-nous le tableau des horreurs de la guerre,
Puis montrez-nous sur notre terre,
Au nom du merveilleux progrès,
Les douceurs de la paix, dont avec complaisance
Vous étalez tous les bienfaits,
Prophétisant son règne aux penseurs stupéfaits,
Avec la plus ferme assurance.

Tout aussi bien que vous je connais les terreurs,
Triste accompagnement des plus nobles batailles,
Et je sens toujours mes entrailles
Qui s'émeuvent de leurs horreurs ;

Comme, de même aussi, je goûte tous les charmes
De ces heureux jours de la paix
Ramenant le bonheur avec tous ses attraits,
Après avoir séché nos larmes.

Eh ! oui, je les connais, ces terribles combats
Qui font couler à flots et le sang et les larmes ;
Pourquoi donc auraient-ils des charmes?
Sont-ils même aimés des soldats?
Et ne voyons-nous pas, malgré leur grand courage,
Ceux qui le soir ont survécu,
Aussi bien le vainqueur que le triste vaincu,
Gémir sur le champ du carnage?

Je les adore aussi, ces trop rares beaux jours
Apportant le bonheur aux champs comme à la ville;
Mais la paix, ravissante idylle,
Qu'on voudrait voir durer toujours,
Le plus souvent pour nous, hélas! n'est qu'un beau rêve,
Image du calme Océan
Soulevé tout à coup par l'horrible ouragan
Pour toujours désoler la grève.

C'est une loi du monde, et les combats sanglants
Jusqu'à la fin des temps affligeront la terre,

Et tout en maudissant la guerre,
On verra ses jours désolants.
Vous aurez beau, rêveurs, en rechercher la cause,
Il faut bien en faire l'aveu,
C'est le pourquoi de l'homme et le secret de Dieu,
Bien fou qui peut dire autre chose.

XXI

SEUL!

Puissiez-vous ignorer tout ce que, d'habitude,
Apporte au cœur meurtri l'amère solitude,
Surtout quand la jeunesse au sourire enchanteur
N'est plus qu'un souvenir au déclin des années
Qui près de notre fin nous sont encor données
        Trop souvent pour notre malheur!

Au printemps de la vie, on porte tout un monde,
Monde d'illusions où le bonheur abonde;
Mais trop rapidement, comme un être maudit,
On se voit tout à coup frappé, frappé sans trêve.
Le bonheur qu'on touchait, hélas! n'est plus qu'un rêve
        Qui bien trop tôt s'évanouit.

Sous le poids du malheur nos âmes trop chagrines
S'en vont pleines de crainte errer sur des ruines,
Qui bientôt, à leur tour, s'effacent comme aux champs,
Et le sable léger et la feuille d'automne,
Épaves des forêts que l'hiver découronne,
Sont emportés par les autans.

Ah! plus d'illusions, plus de douce chimère,
Tous les objets sont noirs, toute pensée amère ;
La vie est un désert, terre sans horizon
Que n'animera plus l'ombre d'une espérance,
Et nous marchons tremblants, saisis de la démence
Des hommes privés de raison.

On vient s'asseoir pensif sur une roche aride,
Au pied d'un arbre creux, regardant dans le vide
Les nuages fuyant au delà du vallon,
Et, les voyant rouler au-dessus de nos têtes,
Nous voudrions bien comme eux au pays des tempêtes
Être emportés par l'aquilon.

Au fond de l'Océan, ne veut-on pas de même,
Las de tout ici-bas, comme ressource extrême,
Avec l'eau du torrent qui gronde et qui gémit,

S'engloutir à jamais dans les profonds abîmes,
Comme, pour effacer d'abominables crimes,
On cherche l'éternelle nuit ?

Si nous ne croyons pas, le mal est sans remède,
Mais un seul grain de foi fait retrouver un aide,
Et, quand des grands chagrins tombe le premier feu,
L'homme rasséréné pense à la Providence,
Et, sentant naître en lui la sereine espérance,
Compte sur la bonté de Dieu !

XXII

DANS MON FAUTEUIL

A Monsieur H. C.

Quand, assis dans mon grand fauteuil,
Je vois défiler comme un rêve
Mes jours de bonheur et de deuil,
Bientôt vers Dieu mon cœur s'élève
Implorant de lui la faveur,
Au lieu du chagrin qui dévore,
Ici-bas d'un peu de bonheur
De vouloir me combler encore.

On ne prie, hélas! qu'un moment,
L'esprit distrait bientôt s'envole
Et je trouve un délassement
A suivre la mouche qui vole ;

Puis, mes yeux vaguent au hasard
Sur livres, tableaux et potiches,
Promenant longtemps mon regard
De mon parquet à mes corniches.

Mais on ne peut toujours songer,
Las de rêver, je prends un livre
Grave souvent, parfois léger,
Et de nouveau je me sens vivre ;
J'ai retrouvé mes vieux amis
Dont toujours l'aimable lecture
Réveille les sens endormis,
Met un baume à toute blessure.

Il faut pourtant s'y résigner,
L'homme ne peut lire sans cesse ;
L'ennui finit par le gagner
Et quelque autre démon le presse ;
J'ai sous la main plume et papier
Et je crois.. (c'est là mon excuse),
Qu'inspirant son vieil écolier
Voici venir la folle muse.

J'aligne mes alexandrins.
Eh ! oui, je rime et rime encore

Triste élégie ou gais refrains.
Sont-ils excellents?.. Je l'ignore.
Que m'importe? Pour un moment
Je retourne au pays des rêves,
Transporté par enchantement
Au fond des bois ou sur les grèves.

Lire et rimer, tout a son temps,
Et l'on sait que seule l'étude,
Malgré ses attraits bienfaisants,
Ne comble pas la solitude;
Or, voici fort heureusement
Que j'entends frapper à ma porte;
Ce doit être un délassement
Qu'un ami sûrement m'apporte.

Il a bientôt franchi mon seuil,
Et chacun met son industrie,
Longtemps assis dans son fauteuil,
A prolonger la causerie;
Le cœur y trouve aussi sa part,
Et cette part est la meilleure :
Je le vois bien dans le regard
De l'ami quittant ma demeure.

C'est ainsi que dans mon fauteuil
Les heures sont rassérénées,
Et que j'évite aussi l'écueil
De l'ennui des grandes journées,
Trop longues pour le cœur meurtri
D'un infortuné solitaire
Par le chagrin souvent aigri
En se voyant seul sur la terre.

XXIII

LE CHEVALIER ET LE BARIZEL

EN 1250

Un chevalier du moyen âge
Cruel et peu compatissant
Ne quittait son donjon sauvage
Que pour détrousser le passant.
Un jour, descendu de son aire,
Il vit sur le bord du chemin,
Demi-morte, une pauvre mère
Tenant un tout petit bambin,
Enfantelet qui vient de naître
Près du cadavre abandonné
De son père, hélas! par un traître
Sur cette route assassiné.
Et cette mère demi-morte
En lui tendant le barizel

Qu'à grand'peine son bras supporte,
Disait au chevalier cruel :
« La soif ardente me dévore,
Ayez pitié de mon malheur !
A deux genoux je vous implore,
Un peu d'eau fraîche, Monseigneur ! »
Mais lui, l'infâme, se retourne,
Et plein d'un souverain mépris
De cette route il se détourne,
Pique des deux... Mais, tout surpris,
Il sent sur sa large poitrine
Se fixer l'humble barizel
Que la mourante si chagrine
Tendait à ce monstre cruel ;
Et je ne sais quelle voix forte
Lui scandait ce sombre discours :
« Sur le fier coursier qui t'emporte,
Marche, marche, marche toujours ;
Tu ne verras finir ta course,
C'est un décret venu du ciel,
Que si tu trouves l'humble source
Qui doit remplir ce barizel. »
Poursuivant alors son voyage
Sans trêve, repos ni merci,

Il marche, il vole plein de rage,
Dévoré par un seul souci :
Trouver enfin cette onde pure
Qui, suivant le décret du ciel,
Débarrassera son armure
De l'implacable barizel.
Allant de fontaine en fontaine,
Tristement il passait ses jours,
Mais en vain perdait-il haleine,
L'eau de son bac fuyait toujours.
Tout en chevauchant par le monde
Il vit gémir beaucoup de gens,
Il vit la misère profonde
De tous les pauvres artisans ;
De beaux seigneurs qui, sans entrailles,
Cruellement foulaient leurs serfs,
Pour exiger d'injustes tailles
Les accablant de coups de nerfs.
Il en vit tant, tant de souffrance,
Que chez cet homme au cœur de fer
Mollit enfin cette arrogance
Qui semblait venir de l'enfer.
Un soir, passant près de la porte
De son formidable château,

Dont furtivement, sans escorte,
Il tentait de franchir l'arceau,
Il vit sur le bord de la route
Une mère et son pauvre enfant,
La même peut-être... sans doute...
Qu'il rebuta si durement.
Tremblante, elle disait encore,
Mais plus faiblement : « Monseigneur !
La soif ardente me dévore ;
Pitié ! pitié pour mon malheur !
Laissez tomber la moindre goutte
Du bac à votre cou pendu !...
Ah ! je crois, mon Dieu ! qu'il m'écoute,
Mon fils ne sera point perdu !... »
Le chevalier, naguère infâme,
Souriait en effet ; bien mieux,
Ému jusques au fond de l'âme,
Une larme troublait ses yeux.
Cette larme était la première,
Ne le mettez pas en oubli,
Qui s'échappait de sa paupière,
Le barizel était rempli !

XXIV

MES CINQUANTE ANS

A Monsieur H. C.

Ami, j'ai cinquante ans, un regain de jeunesse
Éclaire bien encor l'aube de ma vieillesse,
Dorant, comme un rayon de beau soleil couchant,
Le déclin d'une vie aussi sur ce penchant
Qui si rapidement, loi toute naturelle,
Nous conduit tour à tour vers la nuit éternelle.
Mais, dix lustres passés, je puis bien, je le crois,
Pour donner un conseil hausser un peu la voix,
Surtout si ce conseil n'est pas une chimère,
De celles dont on rit sur notre pauvre sphère ;
Confessant, cher Henry, certes très volontiers,
Que je puis bien moi-même en user des premiers.
Or, sans nous couronner de verveine et de roses,
Lorsque nous vieillirons, ne soyons pas moroses,

Souvenons-nous toujours, malgré nos cheveux blancs,
Que, nous aussi, jadis nous avons eu vingt ans;
Et laissant de côté les rêves du jeune âge
Dorés d'illusions, ou voilés du nuage
Cachant les noirs chagrins qui certes de nos jours,
Et trop souvent, hélas! en terniront le cours;
Si comme il est probable, au cours de cette vie,
De nos coupes parfois nous avons bu la lie,
Si, nous avons laissé depuis nos beaux matins
Quelques lambeaux de chair aux ronces des chemins,
Ne nous aigrissons pas et gardons-nous de dire,
Comme certains vieillards, avec un faux sourire :
« Vos yeux ne sont plus faits que pour verser des pleurs,
Le printemps d'aujourd'hui n'est plus paré de fleurs,
L'enfant ne sourit plus, ses jeux sont insipides,
Comme on ne vous voit plus, jeunes filles candides,
Animer nos salons de mille gais propos,
Ainsi que de vos chants réveiller les échos;
De même, triste aveu! la femme n'est plus belle,
Car l'homme ne sait plus se dévouer pour elle;
La jeunesse s'ennuie, et ce divin trésor,
Je ne sais si sur terre on le rencontre encor.
Où trouver parmi vous un homme de génie ?
La sève en est éteinte, on touche à l'agonie,

En un mot, tout s'en va, le monde à son déclin,
On ne peut en douter, Messieurs, touche à sa fin ! »
Chez le vieillard, hélas! ces propos sont de mise,
On les écoute même aujourd'hui sans surprise,
Et cent fois nous avons, sous notre beau soleil,
Entendu répéter un discours tout pareil,
Complaisants auditeurs des tristes doléances,
Sempiternels refrains des longues existences.
Si de la vie un jour comme eux nous sommes las,
Ah! ces vieillards chagrins, ne les imitons pas,
Et quand nous fléchirons sous les glaces de l'âge,
Gardons-nous bien toujours de tenir leur langage,
De passer avec eux pour ces êtres grondeurs,
Toujours morigénants, maussades et frondeurs,
Que l'on voit projeter d'un air sombre et caustique
D'une vie au déclin l'ombre mélancolique.
Une aimable gaîté, même à quatre-vingts ans,
Fait le charme des fronts ornés de cheveux blancs.
Et si l'âge permet quelques mots de morale,
Ne les prononçons pas d'une façon brutale,
Mais de l'air enjoué qui chasse les soupçons
Qui nous feraient passer pour donneurs de leçons.
Sous le fardeau des ans un jour si je succombe,
Et quand j'aurais déjà presque un pied dans la tombe,

Je t'aimerai toujours, fraîche fleur du printemps,
Ainsi que les ébats de mes petits-enfants;
Non, non, je n'aurai pas cette insigne faiblesse
De répéter aussi qu'il n'est plus de jeunesse.
Je redirai sans honte à tous les jeunes gens :
Vous connaissez encor les plaisirs de mon temps;
Et quand il s'y joindrait quelques grains de folie,
Sans toutefois pourtant en remuer la lie,
J'aurai de l'indulgence, et cela d'autant plus
Que pour moi maintenant ces fruits sont défendus.
Jeune fille aux doux yeux, à l'aimable sourire,
Dans ton regard profond je saurai toujours lire;
A tes ébats joyeux ne pouvant prendre part,
Ton bonheur suffira pour charmer mon regard.
J'aimerai ton babil, même quand ta parole
A nos collets montés pourrait sembler frivole,
Et du matin au soir, sans craindre mes leçons,
Tu pourras m'étourdir du bruit de tes chansons.
Je ne serai jamais insensible à tes charmes,
Jeune mère, à ta joie aussi bien qu'à tes larmes :
D'autres pourront sourire en te voyant toujours
Aimer un peu le monde et les brillants atours;
Je n'imiterai pas tous ces censeurs moroses,
Qui font fi des plaisirs et du parfum des roses,

Et redisent en chœur : « Il n'est plus de beauté, »
Dès que la jeune femme arrive à son été.
Enfin je n'aurai pas l'incroyable manie
De répéter comme eux : « Il n'est plus de génie. »
La sève du vieux monde est certes vive encor,
Il n'a pas de son sein rejeté ce trésor,
Et je dirai bien haut, que le siècle où nous sommes
Peut produire et produit encore des grands hommes.
L'adage est toujours vrai : *Dieu fait bien ce qu'il fait ;*
Mais combien parmi nous trouvent tout imparfait !
Pour juger son auteur tout autre est la nature,
L'homme seul ici-bas, ô mon Dieu ! te censure ;
L'hiver a-t-il jamais conspué le printemps ?
Gaîment et comme il vient acceptez donc le temps.

DEUXIÈME PARTIE

LÉGENDES ET SOUVENIRS

I

LE MIRACLE DES ROSES

(LÉGENDE)

A Mademoiselle J. V.

Vous souriez peut-être au récit des légendes,
Et vous les renvoyez, comme on dit, aux calendes
Grecques, car un miracle, à vous libre penseur,
Ne semble être jamais que le fait d'une erreur,
S'il n'est pas aussi bien un tour de passe-passe
Inventé pour tromper la vile populace.
Pour moi, je suis croyant, de plus un peu rêveur;
Or, pour ces deux motifs, j'en goûte la saveur,
Et j'y trouve parfois un charme poétique
Que n'a pas un écrit souvent plus authentique.
Après ce préambule, en fervent pèlerin.

Suivez-moi, je vous prie, au pays d'outre-Rhin,
Et, fouillant les récits de ce vieux moyen âge
Qui n'est pas, après tout, si sombre et si sauvage
Que certains écrivains, cherchant à nous leurrer,
Dans leurs savants écrits voudraient le démontrer;
Là, nous découvrirons de touchantes histoires
Présentes, en ces lieux, à toutes les mémoires :
Un chêne séculaire, une pierre, un rocher,
Sur le sommet des monts, un vieux mur, un clocher;
Croulants ou lézardés, de hauts pans de murailles,
Tout tapissés de lierre, au milieu des broussailles,
Comme aux îles du Rhin, de vieux burgs crénelés,
Qui passaient autrefois pour être ensorcelés,
Racontent au passant quelque fraîche légende
Dont fut jadis témoin cette terre allemande.
Un reste de colonne... existe-t-il encor?
Je ne sais; mais naguère on voyait ce décor
Orner un carrefour au milieu du feuillage
D'une vaste forêt célèbre au moyen âge;
Ce débris réveillait le touchant souvenir
Dont je veux, dans ces vers, lecteur, t'entretenir.
En ce temps, en Thuringe, époque mémorable,
Demeurait à Marbourg un prince incomparable,
Jeune roi qui, trop tôt, de ses pauvres sujets

Dans la tombe emporta l'amour et les regrets;
Il avait épousé, dans la fleur de son âge,
Une jeune princesse aussi belle que sage;
Son nom, il est connu grâce aux mille bienfaits
Dont le récit touchant nous offre tant d'attraits.
Oui, sainte Élisabeth, des pauvres tant aimée,
De tes douces vertus grande est la renommée,
Et certes ce n'est pas sans des titres réels
Que ta pieuse image orne nos saints autels :
Car on ne vit jamais femme plus charitable,
Pour tous les malheureux plus douce, plus aimable.
Au burg tout y passait, tout, bijoux, aliments,
Comme aussi les vieux vins et les beaux vêtements,
Si bien qu'un jour le duc crut devoir à sa femme,
Au sujet de ses dons, adresser quelque blâme.
Pour plaire à son époux, elle fit un effort;
Mais des infortunés l'amour était plus fort,
Et, malgré son envie et même ses promesses,
On la revit encor prodiguer ses largesses.
Or, un jour, en hiver, vers un hameau lointain
Elle se dirigeait par un raide chemin,
Portant dans son manteau, pour une humble famille,
De linge et d'aliments toute une pacotille :
La montée était dure et le froid rigoureux;

Mais que ne fait-on pas pour faire des heureux !
Pourtant, n'en pouvant plus et près de perdre haleine,
Elle se reposait un moment sous un chêne,
Quand soudain à cheval apparut son époux,
Dont la sainte craignit le trop juste courroux,
S'il découvrait alors, comme il était probable,
L'excusable délit dont elle était coupable.
Notre duc, en effet, parti de grand matin,
N'ayant rien abattu, revenait tout chagrin,
Harassé, maugréant de sa mauvaise chasse,
Et près d'Élisabeth se trouva face à face.
La voyant interdite et remarquant soudain
La rougeur de son front, peut-être le dessein
De cacher à ses yeux l'aumône alimentaire
Qu'elle portait au loin, il lui dit en colère :
« Que portez-vous, Madame ? et quel est ce fardeau
Si bien enveloppé dans votre grand manteau ?
Ouvrez ! » ajouta-t-il d'un air des plus moroses.
Tremblante, elle obéit... Il était plein de roses !

II

LA ROCHE TOMBELAINE

(SOUVENIR)

A Monsieur et Madame H. C.

Quand vous m'avez conduit aux rives de Bretagne,
Aux bords de l'Océan, dans la verte campagne,
Si je n'ai pas trouvé l'oubli de mon malheur,
Grâce à vous, chers amis, sur ma grande douleur
Vous avez fait couler le baume incomparable
Qui calme le chagrin le plus impitoyable.
En retraçant pour vous, dans ces modestes vers,
Un de ces souvenirs aux touristes si chers,
Je veux, en réclamant toute votre indulgence,
Vous témoigner, amis, et ma reconnaissance
Et l'amour fraternel dont est rempli mon cœur
Pour toi, bien-aimé frère, et pour ma belle-sœur.

Je sortais ébloui de l'admirable église
Sur le mont Saint-Michel si fièrement assise;
Je venais, tout ému, d'admirer en détail
Du célèbre couvent l'immense et beau travail,
Traversant tour à tour de la salle des gardes
Aux créneaux autrefois couronnés de bombardes,
Et la salle d'aumône et les sombres celliers,
Comme la salle aussi dite des Chevaliers;
La crypte aux gros piliers, la Vierge du Mont-Tombe
Et la tour du donjon, qui sur l'onde surplombe;
La gigantesque roue et le long promenoir,
De plus en plus charmé, le cloître et le dortoir,
La grande basilique, église sans pareille,
Tout cet ensemble enfin qu'on nomme la *Merveille*,
Et, sur la plate-forme au pied battu des flots,
Je prenais en silence un moment de repos,
Promenant mon regard de Cancale à Granville,
Sur l'Océan lointain, sur la grève mobile,
Et j'y serais resté longtemps, longtemps encor,
Absorbé que j'étais devant ce grand décor,
Quand près de moi, debout sur la même esplanade
Et le coude appuyé sur notre balustrade,
Je reconnus soudain, dans l'être ainsi placé,
Par la brise de mer doucement caressé,

Une enfant d'Albion, celle qui d'aventure
Voyageait avec nous hier dans la voiture
Qui conduit le touriste, encor frais et dispos,
De Dol à Pontorson avec force cahots.
J'avais été frappé de sa tournure aimable,
De sa voix sympathique et de son air affable
Comme de son babil et de ses traits charmants,
Gazouillement d'oiseau, sourire de printemps.
Or, retrouvant soudain cette jeune enfant d'Ève
Occupée à fixer un seul point de la grève,
Fort étonné de voir son immobilité,
Et sur le même objet son regard arrêté,
Je ne sais tróp pourquoi, pressentant un mystère,
Désirant l'éclaircir, j'aborde l'étrangère.
Quand je la vis vers moi tourner son doux regard,
En ce moment étrange et même un peu hagard,
J'aperçus dans ses yeux toujours si pleins de charme,
A peine retenue, une timide larme,
Et quand je la priai de m'indiquer l'objet
Qu'elle semblait fixer avec tant d'intérêt,
Ses lèvres sans contrainte ébauchant un sourire
D'une mélancolie impossible à décrire,
Elle dit simplement, me montrant un rocher
Qui du sable mouvant semblait se détacher :

« Monsieur, de Tombelaine ignorez-vous l'histoire
Ou ce drame a-t-il fui loin de votre mémoire?...
—Eh ! oui, lui dis-je alors... attendez... c'est cela,
Sur ce roc isolé, je m'en souviens, c'est là
Qu'en allant visiter la roche Tombelaine,
Depuis se sont passés, je crois, deux ans à peine,
Sans crainte du danger, deux jeunes imprudentes,
Anglaises, m'a-t-on dit, toutes les deux charmantes
Se virent tout à coup surprises par le flot,
Qui vint battre soudain le bord de leur îlot;
La mer montait toujours, et la nuit triste et sombre
Comme un crêpe de deuil, couvrit tout de son ombre
L'une, plus courageuse ou dans un juste effroi
Perdant un peu la tête, il y avait de quoi,
Voulut fuir, espérant pouvoir traverser l'onde
En ce moment encor sur ces bords peu profonde;
Il n'en fut rien, hélas! et sur le sable fin
On retrouvait son corps le lendemain matin!
L'autre, qui n'avait pu retenir sa compagne...
— Pardon », me dit l'enfant de la Grande-Bretagne
La rougeur sur le front et le cœur plein d'émoi,
« N'achevez pas, Monsieur .. cette autre... c'était mo

III

LE LION

DU CHEVALIER DE LA TOUR

(LÉGENDE)

A Monsieur H. C.

Membre de la Société protectrice des animaux.

C'est pour toi, dont le cœur est ouvert sans partage
Aux faibles, aux petits, et dont le patronage
Se fait même sentir aux pauvres animaux,
Que j'ai choisi ce trait digne des grands pinceaux;
Et si cette légende ou plutôt cette histoire,
Dont un contemporain a transmis la mémoire,
Te semble avec raison finir trop tristement,
Ah! ne sois pas surpris, ce même dénoûment,
Tu le sais bien, hélas! dans le siècle où nous sommes
Se rencontre ici-bas quand il s'agit des hommes,

Et l'on voit trop souvent sans être stupéfaits
L'ingratitude aussi suivre les grands bienfaits.
Or, dans les longs récits de nos grandes croisades
Bien faits pour y puiser des sujets d'Iliades,
Je veux, mon cher Henry, mais sans monter si haut
Essai trop téméraire après Tasse et Michaud,
Choisir tout simplement une courte légende
Parmi ces traits naïfs dont ma muse est friande.
On était au début de ces brillants exploits
Dont furent les héros ces soldats de la croix
Accourus pleins de feu de notre vieille Europe,
Et sortis du palais comme de l'humble échoppe
Pour venir arracher à leur vil possesseur
Le tombeau vénéré de notre Dieu sauveur.
Bouillon se dirigeait vers cette cité sainte
Dont il devait forcer la formidable enceinte;
On marchait lentement, et de nombreux combats
Précédèrent l'assaut attendu des soldats
Qui, voyant tous les jours leur innombrable armée
Par la peste et le fer sans cesse décimée,
N'aspiraient qu'au moment d'escalader le mur
Où flottait le drapeau du Sarrasin impur.
Dans les rares arrêts des luttes renaissantes,
Pendant les courts repos des troupes conquérantes,

Souvenir du pays! les chevaliers parfois
Pour chasser le chevreuil s'égaraient dans les bois,
Poursuivant le gibier sur ces grands territoires
Déjà plus d'une fois témoins de leurs victoires.
C'est dans ce but qu'un jour avec ses lévriers
On avait vu partir le plus fier des guerriers,
Qui, pour courir un cerf laissant au camp son monde,
S'enfonçait tout armé dans la forêt profonde.
Un seul page le suit, et Geoffroy de La Tour
(Ainsi se nommait-il) depuis le point du jour
Allait, allait encor, quand près d'une clairière
Il entendit un bruit fort extraordinaire.
Il écoute, et d'abord un affreux sifflement,
Que soudain accompagne un long rugissement,
Réveille les échos de la forêt immense
Où le preux chevalier chevauchait sans prudence.
Bravement il avance, et devant lui bientôt
Il voit, non sans surprise, un formidable assaut :
Un énorme serpent enlaçait avec rage
Un lion qui déjà perdait tout avantage.
L'arène du combat était rouge du sang
Qu'il laissait échapper d'une blessure au flanc,
Et, pris dans les anneaux de l'immonde reptile
Pour lequel la victoire alors semblait facile,

Une dernière fois, pour éviter la mort,
Le félin expirant tentait un vain effort,
Quand apparaît soudain, à ce moment suprême,
Prêt à le protéger, le chevalier lui-même,
Qui, brandissant son dard, porte un vigoureux coup
Sur le front du serpent qui lâche tout à coup
L'ennemi que déjà, dans sa rage superbe,
Il voyait étendu tout palpitant sur l'herbe.
Un second coup l'achève, et le lion sauvé
Du sol ensanglanté s'est bientôt relevé,
Et, semblable à celui de l'arène romaine,
Aux pieds du chevalier lentement il se traîne,
Se couche devant lui, comme un chien bien-aimé
Aux caresses du maître, oui, certe accoutumé,
Semblant vouloir aussi, dans cette circonstance,
Montrer à son sauveur cette reconnaissance
Dont profita jadis le célèbre Androclès
Quand allait se briser son fil de Damoclès.
Le chevalier, surpris, comme à son chien fidèle
Lui donne une caresse et se remet en selle;
Mais, loin de regagner les sables du désert,
Tout près de son sauveur il marche de concert,
Et depuis on le vit, plus doux qu'une gazelle,
Assister aux combats livrés à l'infidèle,

Du noble chevalier, du grand héros français,
La nuit comme le jour ne s'éloignant jamais.
Mais quand on eut enfin, grâce à l'aide divine,
A grand'peine conquis toute la Palestine,
Brûlé ville et village : Ascalon, Bethléem,
Antioche, Damas, enfin Jérusalem !
Ayant payé sa dette, et certes non sans gloire,
Car il eut bonne part à plus d'une victoire,
Le chevalier français, le brave de La Tour
Se dit qu'il était temps de songer au retour ;
Et, désirant revoir le sol de sa patrie,
Ses chers petits enfants, une épouse chérie,
Il partit un matin pour le port que jadis
Les fils de Mahomet nommaient Ptolémaïs.
Arrivé dans la ville, aujourd'hui Saint-Jean-d'Acre,
Qui de nos jours encor vit plus d'un grand massacre,
Toujours accompagné du fidèle lion,
Il court vers le rivage, et, plein d'émotion,
Prêt à mettre à la voile et partir pour la France,
Il voit se balancer un navire en partance ;
Mais, quand il veut monter sur le léger vaisseau
Avec son compagnon aussi doux qu'un agneau,
Capitaine et rameurs, gens de tout l'équipage
Refusent d'accueillir cet animal sauvage.

Forcé d'abandonner avec bien du regret
L'être reconnaissant de son ancien bienfait,
Le preux montait à bord de la grande tartane
Qui dans quelques instants ne sera plus en panne.
Et debout sur le pont, l'héroïque Geoffroy
Des larmes dans les yeux, le cœur rempli d'émoi,
Regardait accroupi sur le rivage humide
Cet étrange animal, dont le regard avide
Paraissait implorer la trop juste faveur
De suivre sur les mers son bien-aimé sauveur;
Puis, quand l'esquif enfin s'éloigna du rivage,
On le vit bravement se jeter à la nage.

La mer était houleuse, et le pauvre animal
Pour suivre le vaisseau se donnait bien du mal.
Entreprise inutile!... Il est à bout de force,
Et pour fendre les flots vainement il s'efforce;
Un espace bien court à peine est parcouru,
Et déjà sous la vague il avait disparu!

IV

ÉTRANGE FIN

(SOUVENIR)

A mon neveu, M. C.

En voyant aujourd'hui l'air pur et la clarté
Circuler librement dans la vieille cité,
Qui se souvient du temps où d'un cloaque infâme
Émergeaient l'Hôtel-Dieu, le Palais, Notre-Dame !
C'est dans ce vieux quartier que demeurait alors
Un parent, un bon oncle échoué sur ces bords
Non comme un naufragé qu'un hasard ou l'orage
Ont jeté malgré lui sur quelque triste plage.
Pour en agir ainsi sans y être forcé,
Le cher homme, à vrai dire, était par trop sensé;
Mais, du dernier déclin voyant approcher l'heure,
Il était venu là chercher une demeure

Pour terminer ses jours à l'ombre du Palais,
Témoin pendant longtemps de ses brillants succès.
Ce célèbre avocat, l'homme le plus aimable,
Montrait presque en tous points un esprit remarquable;
Mais, et cela se voit chez des gens moins âgés,
Il était entiché de quelques préjugés :
Craignait du vendredi l'influence mauvaise,
Redoutait, vous pensez, le fameux nombre treize!
Et le sel répandu, fourchette sur couteau
Mise en croix par hasard, lui troublaient le cerveau ;
De plus, croyant fidèle aux passes puériles,
Il allait consulter les modernes sibylles.
Or, à brûle-pourpoint, une d'elles, un soir,
A son bon visiteur prédit, sans s'émouvoir,
Qu'à partir de ce jour, suivant ses destinées,
Il devait vivre encor dix heureuses années ;
Mais, ce temps écoulé, sur le coup de minuit,
Il serait dans sa chambre assassiné sans bruit.
Dix ans, l'espace est long, il se mit à sourire ;
Mais, le terme approchant, plus qu'on ne saurait dire
Il se préoccupait de la prédiction,
Ne manquant pas souvent d'y faire allusion ;
Il y revenait même avec tant d'insistance
Qu'il nous tardait de voir la terrible échéance

Passée à tout jamais, afin de nous moquer
D'une peur que tout haut nous n'osions critiquer.
L'oncle avait l'habitude, une fois par semaine,
De donner à dîner, et nous vîmes sans peine
Que ce repas, l'hiver, suivi d'un petit bal,
Par un heureux hasard, tombait le jour fatal.
Or, il fut entre nous bien convenu d'avance,
Qu'à minuit seulement on cesserait la danse,
Afin de démontrer à notre vieux parent
Que sa crainte n'était qu'une frayeur d'enfant;
Mais un de ses neveux, de tous le plus sceptique,
Avait dans la maison, avec le domestique,
Sans à personne au monde en confier un mot,
Organisé sans bruit un innocent complot :
Louis devait, en secret, dans toute la demeure
Aux pendules de l'oncle ajouter juste une heure,
Afin, se disait-il, d'avancer le moment
Qui le délivrerait de son pressentiment.
Tout marchait pour le mieux, on s'était mis à table
Et je ne vis jamais notre oncle plus affable;
Au milieu des lazzis d'une franche gaîté,
Au dessert par deux fois on but à sa santé;
Puis au salon bientôt, pour terminer la fête,
On vit tous les danseurs gaîment se mettre en quête,

Pour former à l'envi ces groupes ravissants
Par la valse emportés sur les parquets glissants,
Et quand sonna minuit à la grande pendule,
Chacun vint embrasser l'oncle un peu trop crédule,
Tout en félicitant d'un air malicieux
Le digne et bon vieillard, qui semblait radieux.
Remis de sa frayeur, il commençait à croire
Que parfois sa sibylle errait dans son grimoire,
Quand tout le monde enfin, certain avec raison
Que rien n'était à craindre, eut quitté la maison,
L'oncle, bien rassuré, quoique au treize décembre,
Et même un vendredi, gagnait alors sa chambre,
Quand, au moment, hélas! de monter dans son lit,
Il est soudain frappé par un affreux bandit
Qui, sur l'or du vieillard voulant faire main basse,
S'était furtivement introduit dans la place.
Sans pousser un seul cri, suivant l'arrêt du sort,
Sous le coup du brigand le pauvre oncle était mort!
C'était bien en comptant et la dixième année,
Le jour et le moment, et sur la cheminée
La pendule, il est vrai, marquait une heure;.... mais
Il n'était que minuit au cadran du Palais!...

V

LE LISERON BLEU

(LÉGENDE)

A Madame L. C.

En m'essayant encore à ces simples récits
Dont quelques-uns déjà charmèrent vos esprits,
C'est aux grandes forêts de la sombre Bohême
Que je demanderai le sujet d'un poème.
Aussi bien, chers lecteurs, vous serez peu surpris
De me voir aborder ce plantureux pays,
Car vous n'ignorez pas que ces terres brumeuses
Racontent bien des faits, légendes merveilleuses,
Chères à plus d'un titre aux populations
Gardant encor l'amour de leurs traditions,
Traditions parfois quelque peu fantastiques,
Mais empreintes toujours de charmes poétiques.

Dans ces sombres forêts, quelques hauts pans de murs,
Par places tapissés de vieux lierres obscurs,
Sont là toujours debout pour garder la mémoire
D'une fraîche légende ou plutôt d'une histoire
Dont aujourd'hui surtout j'éprouve le désir
De retracer ici l'émouvant souvenir.
C'était aux tristes jours des guerres des Hussites,
Si funestes alors aux pauvres cénobites,
Où l'on vit, comme aux temps des Alains et des Goths,
Au sein des vieux moutiers le sang couler à flots.
Les bandes de Jean Huss par la mort, le pillage,
Dans tous ces lieux bénis signalaient leur passage.
Les murs garnis de lierre et d'aspect imposant,
Dont je viens de parler il n'y a qu'un instant,
Jadis dans ces forêts fermaient la vaste enceinte
D'un célèbre couvent dont Thécla, vierge sainte,
Alors était l'abbesse aimée avec raison
Du candide troupeau de sa sainte maison;
Son amour du bon Dieu n'empêchait pas la mère
Par un lien encor de tenir à la terre :
Elle adorait les fleurs; mais quel mal?... autrefois
N'était-ce pas aussi l'amour de saint François?
Elle était sainte, dis-je, et pleine de courage
Pour soutenir les siens au milieu de l'orage

Qui grondait, s'approchant, hélas ! de plus en plus,
Ne laissant d'autre espoir qu'en Marie et Jésus.
Un infernal bandit, le féroce Procope,
Partout accompagné de sa bande interlope
De brigands avinés, d'infâmes assassins,
Tous avides de sang, de meurtres, de larcins,
Parcourait le pays, sourd à toute prière,
Pillant et dévastant église et monastère ;
Et comme le vautour qui déchirait le flanc
Du Prométhée antique, à des traces de sang,
A des troncs mutilés, aux ruines fumantes,
Aux femmes tout à coup au fond des bois errantes,
Couvertes de haillons, sans asile et sans pain,
Ne trouvant plus personne à qui tendre la main,
On reconnaissait trop le rapide passage
De l'implacable chef de la horde sauvage.
Or, voici qu'escorté de ses noirs escadrons,
On dit qu'il bat déjà l'estrade aux environs.
Il arrive ; un berger a donné la nouvelle
Qui remplit la maison d'une crainte mortelle,
Et, de l'horrible assaut pour éviter l'horreur,
On veut fuir ; mais Thécla sait calmer la terreur
Du troupeau bien-aimé dont seule elle a la garde ;
Et quand dans le couvent pénètre l'avant-garde

Des effrontés bandits qui précèdent leur chef,
De sa sainte chapelle il occupe la nef;
La porte est grande ouverte, et les jeunes recluses,
Sans trop prêter l'oreille au bruit des arquebuses,
Au tapage effrayant, aux blasphèmes, aux cris
De la bande en fureur des infâmes bandits,
Se mettent à chanter de leurs voix séraphiques
De leurs grands jours de fête un des plus beaux cantic
L'encens fume, et l'autel, fraîchement décoré
De flambeaux et de fleurs, est richement paré.
Ému de ces accents, le féroce Hussite,
Près de franchir le seuil, en ce moment hésite;
On a beau le presser, vainement ses soldats,
Ramassis d'assassins, de reîtres, d'apostats,
Dont l'âme ne connaît nul remords, nulle crainte,
Demandent sur ses pas à franchir cette enceinte,
Et, lui livrant sur l'heure un trop facile assaut,
A ces vaillants soldats à l'instant même il faut
Massacrer sans façon ces nonnes insolentes,
Qui crèvent leurs tympans de leurs voix larmoyantes;
Puis, avant de voler à de nouveaux exploits,
Suivant leurs vieux contrats, qui sont pour eux des dr
Se partager entre eux les immenses richesses
Que possède à coup sûr ce repaire d'abbesses.

Mais Procope, insensible à tous ces arguments,
Comme saisi de peur et pour gagner du temps,
Sur le seuil infranchi plantant sa grande épée,
De tant de sang chrétien, ah! si souvent trempée :
« Amis, dit-il alors aux farouches soldats,
Vous qui m'avez suivi dans plus de vingt combats
Sans me montrer jamais la moindre jalousie,
Passez à votre chef rien qu'une fantaisie :
Si cette arme demain s'est couverte de fleurs,
Je vous demanderai de vous conduire ailleurs ;
S'il en est autrement, je donne ma parole
Que, sans me réserver la valeur d'une obole,
Comme, vous le savez, je l'ai fait si souvent,
Je vous livre en entier cet immense couvent. »
Les brigands, tout surpris, acceptent à grand'peine
Les propositions de leur vieux capitaine,
Et gagnent lentement, mais non sans maugréer,
L'abri que dans les bois ils devront se créer.
Comme on doit le penser, le lendemain l'aurore
Devant le temple saint les revoyait encore.
Procope est en avant, suivi de tous les siens,
Comme derrière un cerf une meute de chiens.
Or, dans la grande nef, la timide phalange
Chantait, chantait toujours... mais, phénomène étrange,

Incroyable prodige, et fait trop merveilleux
Pour n'être pas jugé comme miraculeux,
Poussé pendant la nuit, un liseron sauvage,
Comme un lierre enlaçait de son léger feuillage
La lame de l'estoc enfoncé sur le seuil,
Et sur sa garde même une fleur bleue, un œil
Qui de l'extrémité de la fraîche spirale
Semble en le regardant rappeler au vandale
Son serment solennel... Ce regard d'une fleur
De l'intrépide chef renouvelant la peur :
« Partons », dit-il aux siens d'un air sombre et sévère :
La fleur avait sauvé l'illustre monastère!

VI

LA TRAVERSÉE

(SOUVENIR)

A mon neveu, M. de L.

C'était un soir d'hiver, devant la cheminée
Du petit salon bleu de notre sœur aînée;
Le froid était fort vif, malgré les contrevents
On entendait mugir au dehors tous les vents,
Et sans doute, excités par cet affreux tapage,
Nous causions entre nous d'accidents d'abordage
Si fréquents de nos jours sur l'Océan trompeur,
De plus en plus funeste au pauvre voyageur,
Quand *Norbert* à ma sœur alors toute surprise
Remet un pli scellé qu'à la hâte elle brise;
La missive achevée et non pas sans pâlir,
« Sauvé !... » dit-elle enfin, et sur notre désir

Elle ne tardait pas à nous donner lecture
Du palpitant récit, émouvante peinture,
D'une affreuse tempête où son fils bien-aimé
Avait manqué périr dans les flóts, abîmé
Entre un havre de Corse et le port de Marseille,
Où son pauvre navire avait touché la veille.
C'est le texte rimé du touchant manuscrit
Que je veux reproduire en ce nouvel écrit,
Et sans trop y compter, puissé-je avec le thème
Dont je veux composer mon modeste poème
Ne pas trop déflorer un ravissant sujet
Dont mes vers ne seront qu'un trop pâle reflet.
« Le vent soufflait du nord et la nuit était sombre,
Mon canot, pour gagner le vapeur que dans l'ombre
On distingue là-bas, en rade ballotté,
Bondissait follement, sur les flots emporté.
Après de longs efforts, j'accoste non sans peine,
Et saisissant les nœuds de l'échelle incertaine
Qui se balance aux flancs du grand vaisseau, soudain
Gravissant les degrés de mon pied peu marin,
Me voici sur le pont que la vague balaye,
Mais pour y demeurer, c'est en vain que j'essaye;
Tout est bouleversé de tribord à bâbord;
Il ne faut pas tenter un inutile effort,

Et me laisser conduire à ma triste cabine
A travers un spectacle horrible, qu'on devine.
Ce sont des passagers atteints du mal de mer,
Vision comparable à celles de l'enfer;
Moi-même, assujetti sur l'étroite couchette,
Moi qui passais pour brave, oui, j'ai l'âme inquiète :
J'ai senti tout à coup se soulever mon cœur,
Et comme un faible enfant en ce moment j'ai peur;
J'ai peur, car en effet les vagues soulevées,
Transportant le vapeur des crêtes élevées
Au fond du vaste abîme ouvert pour l'engloutir,
Semblent à tout moment vouloir l'anéantir.
Il remonte à nouveau de l'affreux précipice
Pour redescendre encor, parfois laissant l'hélice,
Notre puissant moteur au bras de fer, soudain
S'agiter dans le vide et tournoyer en vain...
Par deux fois le soleil, voilé par les nuages
S'entre-choquant entre eux, noirs et chargés d'orages,
Du levant au couchant achève son parcours;
L'effroyable péril nous menace toujours;
Et moi, pendant le cours de ces longues journées,
Je ne pus rien manger, mes lèvres obstinées
Refusant de s'ouvrir, même une goutte d'eau
N'aurait pas desserré les bords de cet étau.

Dans mon cadre bouclé je restais immobile,
Tout à fait insensible à la façon civile
Dont m'offraient tous leurs mets les garçons du vapeur,
Voulant, mais bien en vain, secouer ma torpeur.
Une fois cependant, mais n'est-ce pas un rêve?
Une force inconnue un instant me soulève,
Et, comme un insensé pris d'un accès subit,
Me fait, bien malgré moi, descendre de mon lit;
Vers l'air et sur le pont je ne sais quoi m'attire,
Mais sûrement, ma mère, ah ! je ne saurais dire
Si c'était en plein jour ou bien pendant la nuit
Que si soudainement je quittais mon réduit.
Quel spectacle, grand Dieu !... jamais chose pareille
N'attrista mon regard, ne frappa mon oreille;
Un cri dominait tout, dans ce chaos d'enfer;
Oui, je l'entends encor : c'est, *Un homme à la mer!*
Vers le gouffre béant qui va saisir sa proie,
Cherchant à découvrir cet homme qui se noie,
Officiers, matelots ont le regard tourné ;
Mais bientôt à son sort il est abandonné,
Et chacun, retournant à sa rude manœuvre,
Semble ne pas songer, au milieu de son œuvre,
Que, victime exposée à ce malheureux sort,
Il est aussi peut-être à deux doigts de la mort.

Tremblant, bouleversé de cette fin soudaine,
Je gagne ma cabine avec beaucoup de peine,
Et là, réfléchissant au pauvre malheureux,
Je sens mon cœur se fendre et se mouiller mes yeux.
« N'a-t-il pas, me disais-je, un enfant, une femme,
Une mère?.. Ah! Seigneur! allez-vous briser l'âme
De ma mère adorée? O Jésus! ô mon Dieu!
Conservez-lui son fils!... » Alors je fis un vœu;
Sentant se réveiller la foi de mon enfance,
Me souvenant des jours où j'avais confiance,
Marie, en ton secours; si j'arrivais au port,
Je promis de grand cœur, avant tout et d'abord,
Comme un fervent marin à son serment fidèle,
De monter, chapeau bas, à la sainte chapelle,
Et de m'agenouiller devant le maître-autel
Élevé sur la côte à la reine du ciel,
Dans l'église, ô vieux port, qui de là-haut te garde,
Sous le nom vénéré de *Dame de la Garde.*
Quand j'eus formé ce vœu, je sentis dans mon cœur
Se calmer tout à coup mon insigne terreur,
Je ne sais quoi de lourd appesantit ma tête,
Et malgré la fureur de l'affreuse tempête,
L'affolement des flots, le vacarme du bord
Et les longs sifflements des coups de vent du nord,

Je m'endormis enfin, et dans le plus doux rêve
Je me voyais porté doucement vers la grève;
Depuis ce doux instant et jusqu'à mon réveil,
Combien de temps dura ce bienfaisant sommeil?
Je ne sais... mais soudain quelle douce parole
Chasse tous les tourments et bientôt vous console!
Réveillé par ce cri : « Nous entrons dans le port! »
Quel mot, quand à l'instant on redoutait la mort!
Je débarque vraiment, et j'ose à peine y croire,
Heureux!.. Mais à quoi bon poursuivre cette histoire
C'est assez, me dit-on, vous nous avez tout dit,
On vous voit mollement étendu dans un lit...
Non, non, tout n'est pas dit: car, à mon vœu fidèle
Dès l'aube agenouillé dans la sainte chapelle,
Vous pouvez en sourire, ô sceptique endurci,
Je pleurais, et tout bas je murmurais : « Merci!... »

VII

LE CHRIST DE FIUME

(LÉGENDE)

A Madame Adrien G.

A Fiume en Hongrie, au porche d'une église
Dont le clocher blanchi sert toujours de balise,
Le touriste en passant voit un vieux crucifix
Qui ne saurait passer pour un objet de prix,
Tant pour le connaisseur la valeur artistique
Semble faire défaut à cette image antique;
Mais, pour le Fiuman, sans conteste il paraît
Que s'attache à ce Christ un tout autre intérêt.
S'il l'aime et lui présente or et fleurs en offrande,
C'est parce qu'il rappelle une étrange légende,
Dont, bien ancien déjà, l'émouvant souvenir
Semble devoir encor longtemps se maintenir.
A l'étranger qui passe, on raconte l'histoire
Dont tous les Fiumans ont gardé la mémoire.

J'aime ces vieux récits, et je veux, cher lecteur,
De ce trait peu connu me faire le conteur.
J'aborde ce sujet sans autre préambule,
Et je dis seulement que sans être crédule
Au point de le donner pour article de foi,
Il me semble pourtant d'un assez bon aloi,
Pour le donner ici, sinon comme authentique,
Mais assez vraisemblable et surtout poétique,
Digne de figurer comme un léger fusain,
Dans le cadre où je mets ce souvenir lointain.
A deux pas de l'endroit où l'image s'élève,
Des matelots un jour s'assirent sur la grève,
Ayant, suivant l'usage, apporté dans ce lieu
Une paire de dés pour s'y livrer au jeu.
Le temps était splendide, au loin sous le feuillage
Les oiseaux égayaient les bois de leur ramage,
Sur les gazons touffus les écumeux ruisseaux
Promenaient tout gaîment leurs abondantes eaux;
La brise doucement agitait la feuillée
Dont la forêt bientôt se verra dépouillée,
Comme aussi mollement balançait les moissons
Et la rose odorante embaumant les buissons.
On était en juillet, époque de l'année
Où la terre brûlante est tout illuminée

De ces ardents rayons qui vont donner aux bois
Un charme poétique et ces teintes de choix,
Dernier sourire ami de la belle nature,
Derniers et beaux joyaux de sa riche parure,
Et sur ces bords, enfin, enivrés de soleil
On pouvait voir aussi, spectacle sans pareil,
Cette mer azurée et parfois redoutable
Rouler joyeusement ses vagues sur le sable.
Mais à nos matelots, ah! qu'importaient alors
De la terre en ce jour les plus brillants décors!
Le jeu les absorbait, et rien n'était capable
De suspendre un moment sa fureur déplorable.
Je n'en suis pas surpris quand je vois de nos jours
Le jeu, pauvres humains, vous emportant toujours,
Aller jeter votre or aux banques immorales
De Monaco, de Bade ou de leurs succursales.
A l'exemple des fous du triste tapis vert,
Nos pauvres matelots s'échauffaient de concert,
Criant, vociférant, sans que rien les arrête.
Ils semblaient, oui, vraiment, avoir perdu la tête.
L'un de ces acharnés, qui seul perdait toujours,
En mêlant le blasphème à ses bruyants discours :
« Vieux crucifix, dit-il, brandissant avec rage
Un énorme galet ramassé sur la plage,

Tu me feras gagner, » et lançant un juron
Il ajoute en colère et d'un air fanfaron :
« Ou sinon, entends-tu, c'est ma parole d'homme,
Avec ce gros galet, Christ affreux, je t'assomme. »
De nouveau par trois fois il a jeté les dés,
Mais d'un malheureux sort ils semblent possédés :
A chacun de ces coups, il perd, il perd encore,
Et, sans se départir de son air matamore,
Il se dresse soudain ; et jetant son cornet,
Un instant dans sa main comprime son galet,
Et contre le grand Christ, cet homme téméraire
De toute sa vigueur lance la grosse pierre.
Mais, ô miracle! on vit ce fragment de rocher
A la poitrine ouverte à l'instant s'attacher,
Et le sang s'échappant de la large blessure,
Aller couvrir soudain l'infâme créature.
Ce monstre avait encore un grain de vieille foi;
Il fut alors saisi du plus terrible effroi,
Mais, tout désespéré de son indigne outrage,
Il se met à courir vers l'onde du rivage
Et sous les flots soudain, par les vents soulevés,
En un moment, hélas! ses jours sont achevés!...
Depuis, au flanc du Christ que tout un peuple implore,
Fixée à tout jamais, la pierre existe encore!

VIII

UNE PRISE D'HABIT

AU COUVENT DE SAINTE-ÉLISABETH

(SOUVENIR)

A la R. M. Marie de l'A. G.

Quand vous quittez le monde et lui dites adieu,
Enfants pleines de foi, pour vous donner à Dieu,
En vous voyant franchir le seuil des monastères,
Aux vains plaisirs du siècle à jamais étrangères,
Sacrifier pour Dieu les doux embrassements
De parents bien-aimés, comme les agréments
Qu'offre à la jeune fille, au début de la vie,
L'espoir souvent trompé, mais que toujours envie
Celle qui voit venir, comme un joyeux printemps
Rose et tout embaumé, le jour de ses vingt ans;

Le monde, tout imbu de trompeuses maximes,
Épouses du Seigneur, vous traite de victimes
Qu'on arrache à la vie, où tous les jours sans pleurs
Ne devaient s'écouler qu'en moissonnant des fleurs.
Telle est des jeunes gens l'heureuse destinée,
S'ils acceptent, dit-il, les lois de l'hyménée;
Et pourtant, je le sais, c'est toujours librement,
L'âme et le cœur joyeux, qu'est pris l'engagement
De suivre le bon Maître, oui, ce choix volontaire
Dût-il vous entraîner sur ses pas au Calvaire.
Sans le moindre souci répondant à l'appel
Dont le terme pour vous un jour sera le ciel,
Vous allez vous cacher dans le saint monastère
Le sourire à la lèvre et d'une âme légère.
Je fus témoin un jour, et j'ai vu de mes yeux
Une enfant à ce monde adresser ses adieux;
De sainte Élisabeth elle prenait l'habit,
Et je veux simplement vous faire le récit,
Décrire en quelques mots et la cérémonie
Et le ravissement de cette enfant bénie,
Comme aussi de mon cœur la douce émotion
Que lui fit éprouver la transformation
D'une fille du siècle en colombe mystique,
Jetant l'habit mondain pour un froc monastique;

Sensation bien vive et nouvelle pour moi,
Qui ne m'attendais pas à sentir tant d'émoi,
Car j'ignorais alors combien était touchante
Cette prise d'habit d'une humble postulante.
Ayant vu naître enfin l'aube d'un de ces jours
Dont le doux souvenir se conserve toujours,
Invité comme ami, j'entrais au monastère ;
Mais avant de monter au petit sanctuaire,
Je la vis au parloir vêtue ingénument
Des frivoles atours, parure d'un moment,
Que porte avec orgueil l'heureuse mariée
Au sort d'un jeune époux enfin associée ;
Et quand à ses amis, ainsi qu'à son parrain,
Avec un frais sourire elle tendit la main,
Je fus frappé soudain de la céleste joie
Reflet du grand bonheur sous lequel son cœur ploie,
Et que montrent sans fard ce front orné de fleurs
Et ces yeux rayonnants humides de doux pleurs.
Quelques instants après, on monte à la chapelle ;
L'autel pour ce grand jour de lumière étincelle,
Et le prêtre, vêtu du plus bel ornement.
Pendant qu'un chant sacré sert d'accompagnement,
Célèbre avec lenteur le très saint sacrifice
Offert en ce beau jour pour la jeune novice;

Quand il a terminé cet office divin,
Tirant de sa mémoire un beau texte latin,
Dans un discours ému, simple mais pathétique,
Il peint tout le bonheur de la vie ascétique,
Et l'immense bienfait qu'accorde le Seigneur
A celles qu'il appelle à lui donner leur cœur.
Puis, un cierge à la main, la jeune postulante,
Arrivée au moment qui comble son attente,
Ayant dans son regard quelque chose du ciel,
S'avance et s'agenouille au pied du saint autel,
Et dans un grand silence, on entend le colloque,
Demande, puis réponse, échange réciproque
Entre l'officiant, qui d'un ton solennel
Au cœur de cet enfant fait un dernier appel,
Et l'humble postulante, angélique colombe,
Qui des biens d'ici-bas vient faire l'hécatombe.
Pour les mieux rapporter, voici de l'entretien,
Sans les entremêler, si je m'en souviens bien,
Les demandes d'abord sous forme de semonces,
Puis de la sainte enfant les modestes réponses :
« Que voulez-vous, ma fille ? — Est-ce bien librement
Que vous venez ici prendre ce vêtement ?
— Et votre cœur a t-il l'unique et ferme envie
De garder ce saint joug pendant toute la vie ? »

Interrogée ainsi, sans hésitation,
On l'entendit répondre à chaque question :
« — Je demande l'abri de ce saint monastère ;
— Et si c'est librement, assurément, mon père ;
— Quant à persévérer dans mon bien-aimé vœu,
J'y compte et me confie à la grâce de Dieu. »
Bientôt l'officiant, après un court silence,
D'une voix solennelle et pleine d'assurance,
Entonne, agenouillé, l'hymne du Saint-Esprit ;
Puis de la postulante il consacre l'habit,
Et, quittant tous alors la petite chapelle,
Vers l'huis du vieux couvent nous allons avec elle,
Qui lentement avance au bras de son parrain,
Encore en mariée et le cierge à la main.
Arrivés sur son seuil, la grande et lourde porte
Est ouverte. Ah ! grand Dieu ! quel trouble me transporte,
Et, devant le spectacle offert dans ces saints lieux,
Fait monter malgré moi des larmes dans mes yeux !
Ce que je vis alors, oui, pour le bien décrire,
D'un poète divin il me faudrait la lyre.
Voyez-vous s'avancer du fond de cette cour,
Au milieu du cortège, en garnissant le tour,
Enfants de la maison, sœurs et mères voilées,
Pour servir le Seigneur dès longtemps enrôlées,

Toutes, en grand silence et le voile baissé,
Portant avec respect un cierge renversé,
Et sur leur front couvert la couronne d'épine,
Pour elles préférable aux fleurs comme à l'hermine;
Voyez-vous, dis-je, alors portant un crucifix,
Tenu dans ses deux mains comme un bijou de prix,
Approcher lentement l'humble supérieure,
Ame et tête à la fois de la sainte demeure?
La voici devant nous qui, présentant la croix,
Dans le plus grand silence élève aussi la voix,
Interrogeant encor la jeune postulante
Sur le but de la vie obscure et pénitente
Que désire embrasser, oui, certes de grand cœur,
Cette amoureuse enfant qui se donne au Seigneur,
Et lui passant son Christ : « Dès à présent, ma fille,
Dit-elle en l'admettant dans sa sainte famille,
Votre mère en ce jour vous destine la croix
Dont, je ne doute pas, votre cœur a fait choix. »
Et l'enfant à son tour, tenant la sainte image,
A la vie, à la mort, son éternel partage,
Vers l'huis, qui de nouveau va rouler sur ses gonds,
Jette un de ces regards aussi doux que profonds,
Et d'une voix émue et forte aussi : « Mon père,
Bénissez mon entrée en ce saint monastère »,

Dit l'ange s'inclinant vers lui comme vers nous,
Nous faisant pour adieux un sourire bien doux.
Quand la main du pasteur d'une façon fort digne
A, suivant son désir, tracé le divin signe,
S'éloignant pour toujours, son Christ entre les bras,
Du long cortège en marche elle suivit les pas;
Et, pendant que sur nous on refermait la porte,
Je me disais tout bas : « L'amour saint la transporte,
Et son cœur doit chanter plein de zèle et de foi :
« Je suis au Bien-Aimé tout comme il est à moi. »
Le saint enthousiasme, enflammant son visage,
En était bien pour tous le vivant témoignage.

De la clôture ainsi me trouvant en dehors,
Je ne puis raconter ce qui se fit alors;
Mais je suis bien certain que ce n'est pas sans joie
Qu'on la vit déposer et les fleurs et la soie
Pour la robe de bure et le bandeau de lin,
Et qu'elle vit aussi sans le moindre chagrin
Sous le tranchant du fer tomber la chevelure
De son front de vingt ans ondoyante parure.
Ah! je n'en pus douter quand je la vis encor
Rentrer au temple saint comme on rentre au Thabor,
Portant de son Sauveur, sur la blanche étamine,
A la place des fleurs, la couronne d'épine,

Pour donner tour à tour à celles désormais
Qui deviendront ses sœurs, le doux baiser de paix,
Et recevoir du prêtre, émue et radieuse,
Le nom qu'on donne alors à la religieuse,...
Si les pieds de cet ange, en ce jour solennel,
Touchaient le sol sacré, son âme était au ciel !

IX

LE ROCHER DE SAINTE-ODILE

(LÉGENDE)

A Madame L. C.

Chère et belle province, ô pays malheureux!
Beau rameau détaché de ton tronc vigoureux,
Mais qui gardes toujours l'invincible espérance
De revoir sur ton sol le drapeau de la France!
Alsace bien-aimée, ah! certes quelque jour,
Je ne puis en douter, tu nous feras retour:
On ne saurait garder une injuste conquête,
Et je serai témoin de ce grand jour de fête
Qui nous ramènera, mais alors à jamais,
Tes enfants délivrés redevenus Français.
Gardons pour ce beau jour les pompeux dithyrambes,
Et par prudence aussi retenons nos ïambes.

Un sujet moins brûlant vient me solliciter,
Je crois son intérêt digne de te capter,
Et l'ai choisi pour toi, qui certes sans folie
Pour l'Alsace perdue as toujours, *Amélie*,
L'amour que tu donnais à notre cher Paris,
Quand le fier étranger entourait ses glacis.
Tu dois le deviner, oui, c'est une légende,
Dont ma muse échauffée est toujours si friande,
Que je veux esquisser aussi naïvement
Qu'on écrivit jadis ce gracieux fragment.
L'Alsace a pour patronne une vierge angélique
Dont l'histoire, à vrai dire, est un poème épique.
Illustre descendante et parente à la fois
Des empereurs teutons et de nos anciens rois,
Sainte Odile naquit sur les marches du trône,
Mais d'un premier sourire elle n'eut pas l'aumône:
L'enfant était aveugle, et son père honteux
Voulut qu'on éloignât ce monstre de ses yeux,
Et la pauvre petite, en ce jour rebutée,
Dans un couvent lointain soudain est transportée.
Mais Dieu veillait sur elle : à l'âge de douze ans,
Un saint... Ne mettez pas au nombre des romans
Ce fait bien constaté, cet insigne miracle,
Dont le moûtier de Baume eut alors le spectacle;

Ce saint, l'évêque Erhard, au nom du Tout-Puissant,
Rendit un jour la vue à cette douce enfant,
Qui, voyant s'étaler, surprise sans pareille,
Des bois et des guérets l'éclatante merveille,
Et voulant reconnaître un aussi grand bienfait,
Fit le vœu qui pour elle avait le plus d'attrait :
C'était, malgré son rang, de vivre sous la serge
Et jusqu'à son trépas de rester toujours vierge.
Mais la naïve enfant, dans cet élan du cœur,
Où l'on croit de l'obstacle être toujours vainqueur,
Avait, en formulant cette promesse austère,
Engagé l'avenir sans consulter son père,
Qui, bientôt informé du prodige étonnant
Accordé par le ciel, voulait bien maintenant
Avoir dans son palais l'aimable jeune fille,
Qui dut de son couvent trop tôt franchir la grille,
Où, semblable aux pétrels qui dorment leur sommeil
Sur l'écume des flots, avec calme pareil
Par trop paisiblement elle passait sa vie,
Sans penser aux splendeurs que tout le monde envie.
De retour en effet au splendide château,
Qui jadis un moment abrita son berceau,
Il ne fut plus question dans tout son entourage
Que de lui faire faire un brillant mariage.

Or, grâce à sa richesse, à sa grande beauté,
On vit les prétendants en nombre inusité,
Gentilshommes, barons, marquis et ducs et princes,
A la hâte accourus de toutes les provinces,
Envahir le palais du prince souverain,
Pour voir la belle Odile et demander sa main.
Tous étaient repoussés, car la jeune princesse
Tenait par-dessus tout à garder sa promesse.
Mais le duc Adalric pensait tout autrement :
Il se croyait le maître, et son faux jugement
Traitait, c'était son mot, de légère vétille
Le vœu si solennel prononcé par sa fille,
Et, furieux enfin d'une opposition
Que n'avait pu dompter la persuasion,
Il avait décidé, devant sa résistance,
Pour la faire céder, d'user de violence.
Il voulut bien pourtant lui concéder huit jours;
Mais, ce temps écoulé, ce serait sans recours.
Quand vint enfin le jour de ce terme suprême,
Comme dernier espoir dans ce moment extrême,
Odile ne vit plus qu'un unique moyen,
Fuir le toit paternel... et de bien grand matin,
Après avoir prié le Seigneur et sa mère,
Couverte de haillons, avec un grand mystère,

Quittant le vieux château sans savoir son chemin,
Tremblante elle gagnait le rivage du Rhin.
Un pêcheur, par pitié la prenant dans sa barque,
Sur la rive opposée en hâte la débarque;
Mais, ne sachant alors où diriger ses pas,
La pauvre enfant était dans un grand embarras;
Comme on voit aux forêts la timide gazelle,
Pour se débarrasser de la meute cruelle,
S'enfuir effarouchée, et, la tête à l'évent,
Bondir, ou mieux encor passer comme le vent,
Sur le chemin poudreux, malaisé, qu'elle ignore,
Ainsi la jeune Odile allait, allait encore.
A Murzbach, près Fribourg au merveilleux clocher,
Se dresse au coin d'un bois un énorme rocher;
De vieux hêtres lui font un cadre de verdure,
Et sur ce roc en pente une fraîche parure
De lierre toujours vert et de blancs liserons
Orne tous les ressauts de légers chaperons.
Vers le milieu du jour, c'est là que sainte Odile,
Ne pouvant plus marcher, sans pain et sans asile,
Vint tomber épuisée au bord du grand chemin,
Sans autre espoir, hélas! que le secours divin;
Car voici que près d'elle on peut voir la poussière,
Annonce trop certaine et triste avant-courrière

D'un père en ce moment, bien sûr, trop irrité
Pour ne pas se livrer à quelque extrémité.
En effet, c'était lui : prévenu de sa fuite,
Il s'était élancé soudain à sa poursuite;
Elle le voit venir, il n'est plus qu'à deux pas;
Déjà pour l'implorer elle élevait les bras,
Quand tout à coup le roc s'entr'ouvre... et dès qu'Odile
A trouvé dans ses flancs un salutaire asile,
Enveloppant la sainte, il se ferme soudain;
Et quand le duc trompé disparut au lointain,
De nouveau le rocher à sa candide otage,
Pour la laisser sortir, ouvre un large passage.
Odile était sauvée, et, pour laisser toujours
Un souvenir charmant de ce puissant secours,
On vit du haut rocher une source limpide
S'échapper tout à coup, et le gazon humide
Est depuis rafraîchi par le petit ruisseau
Dont un divin prodige entoure le berceau.

X

BON DÉBARRAS!

(SOUVENIR)

A mes Neveux.

On était au début de ce beau consulat
Qui depuis... mais laissons ce sujet délicat,
Je veux fixer la date, et non juger l'époque
Qui vit se dérouler le drame que j'évoque.
Je le tiens d'un vieillard, homme digne de foi,
Dont les récits toujours étaient de bon aloi :
C'était un gai conteur, d'un charmant caractère,
Que cet homme de bien, notre excellent grand-père,
Le sourire à la lèvre et le cœur sur la main,
Et de plus toujours prêt à servir son prochain.
Enfant, j'étais heureux quand de son répertoire
Pour nous faire plaisir il tirait une histoire;
Il en avait tant vu de toutes les façons,
Et racontait si bien sans faire de leçons,

Qu'à ses moindres récits, vraiment, c'était merveille,
De voir grands et petits tout yeux et tout oreille.
Le trait que je rapporte, il en fut le témoin,
Et, quoique remontant, on le sait, assez loin,
Il offre encore assez d'intérêt par lui-même
Pour en faire, je crois, le sujet d'un poème.
Le grand-père, en ce temps volontaire exilé,
Agissant, disait-il, comme un écervelé,
Sur les rives du Mein aux jours de la tourmente
Était pour un moment venu fixer sa tente,
Attendant pour rentrer, comme tant d'émigrés,
Le retour trop tardif de temps moins abhorrés.
Mais quand Brumaire enfin vint éblouir la France,
Il revit son foyer après sept ans d'absence,
Sans trop approfondir si le gouvernement
Verrait d'un très bon œil son long éloignement :
Car, malgré l'air serein de la nouvelle aurore,
Contre les émigrés la loi régnait encore ;
Les sbires de Fouché, pour se montrer zélés,
Avec eux sans vergogne avaient des démêlés,
Et quelques malheureux, victimes d'un caprice,
Se voyaient poursuivis par la haute police.
Or, rentrés comme lui, bon nombre d'émigrés
Se trouvaient à Paris plus ou moins rassurés ;

Deux d'entre eux, bien connus de notre bon grand-père,
Revenus depuis peu de la terre étrangère,
Se trouvaient exposés aux rigueurs de la loi,
S'en tourmentaient beaucoup, et voici le pourquoi.
Nos pauvres émigrés avaient quelque fortune,
Et certain terroriste, encor plein de rancune
Pour un léger méfait dont ce monsieur jadis
Avait, je crois, souffert d'un de nos deux amis,
Abusant sans remords de leur état précaire,
Devint bientôt pour eux le pendant d'un corsaire,
Qui, tout en agissant ainsi qu'un ennemi,
Voulait encor passer pour leur meilleur ami,
Occupé, disait-il, à leur rendre service
En travaillant pour eux auprès de la police.
Cependant, chaque jour plus dur, plus exigeant,
Sans cesse il revenait demander de l'argent,
Et si l'on hésitait, cet homme plein d'audace
Osait effrontément employer la menace,
Si bien que nos amis songèrent, à la fin,
Pour s'en débarrasser, à trouver un moyen.
Il fallait, ne pouvant compter sur la police,
Seuls et sans aucun bruit se faire enfin justice.
En y réfléchissant, ils se dirent un jour :
Pour sauver notre vie, il faut, à notre tour

(N'ayant pas vu pour eux tomber la guillotine,
C'était bien en effet la mort ou la ruine),
Déjouer les projets de l'affreux jacobin
Et pour y parvenir précipiter sa fin.
Il venait, justement, d'exiger une somme
Plus forte que jamais; on promit à notre homme
De lui fournir l'argent: « Venez dîner demain,
Dirent les deux amis d'un air très anodin.
Pour compléter la somme, à vous seul destinée,
Croyez-le, citoyen, il nous faut la journée.
Ainsi donc à demain. » Or, à ce rendez-vous,
Vers six heures du soir, nous les retrouvons tous.
« Mon argent est-il prêt? » Telle fut la demande
Que leur fit tout d'abord l'ami de contrebande;
Sur un oui prononcé sans le moindre embarras,
Il se mit sans façon à prendre son repas.
Or, comme le vieux sage à sa dernière agape,
Il eût pu consacrer l'ancien coq d'Esculape:
Car, semblable à ce Grec que nous nommons divin,
Il assistait de même à son dernier festin;
Mais, ne s'en doutant pas, l'infortuné convive
Manifestait alors la gaîté la plus vive;
Il mangeait comme quatre, et ses libations
Dépassaient les souhaits de ses amphitryons,

Et quand presque ivre-mort ils virent le pauvre homme,
« Nous allons, dirent-ils, vous compter votre somme;
Pourtant jusque chez vous, de crainte des voleurs,
Nous vous escorterons en portant vos valeurs. »
Comme on peut le penser, n'ayant pas bien sa tête,
A cet arrangement volontiers il se prête.
On part, et, sous les bras soutenant leur victime,
Sans remords !... tristes temps!... l'entraînent à l'abîme.
Il était déjà tard, et, ce sinistre soir,
La rue était déserte et le temps presque noir ;
Du triste jacobin pour gagner la demeure,
Ils auraient eu besoin de plus d'une grande heure;
Mais avant d'arriver à son quartier perdu,
Où le pauvre homme alors n'était plus attendu,
Il fallait traverser un des ponts de la Seine,
Et, quand on y parvint à la fin à grand'peine,
Prenant le malheureux par les pieds, par les bras,
Sans lui laisser le temps de pousser un hélas!
Ils le précipitaient dans l'onde qui tournoie,
S'entr'ouvre et se referme, engloutissant sa proie.
Le cadavre au matin, porté par le courant,
Sur la rive un peu loin émergeait apparent ;
Mais le fleuve est discret, aussi bien que perfide,
Et la presse annonçait un nouveau suicide!

XI

LA PORTE MURÉE

(LÉGENDE)

A Madame G. D.

Oui, Marthe, tu connais mon faible, la légende
Me charme, et sans façon, de nouveau je demande
Dans sa simplicité, de te rimer encor
Un de ces vieux récits qui vaut son pesant d'or ;
Je ne sais si ce fait, réellement étrange,
Devra te procurer un charme sans mélange,
Mais je le crois pourtant assez plein d'intérêt
Pour te le raconter sans y mettre d'apprêt.
Entre la Corne d'or, célèbre dans l'histoire,
Et l'arc aux verts contours de ce long promontoire
Dont émergent toujours les élégants chalets
De ce sombre sérail renfermant les secrets

Des crimes révoltants commis dans une enceinte
Dont on n'approche encor que tout saisi de crainte,
Se dresse devant vous, spectacle merveilleux,
Un grand amphithéâtre aux remparts orgueilleux,
Vaste panorama plein de magnificence,
En un mot qui dit tout, la splendide Byzance,
Dont on voit s'étaler, doré par le soleil,
Le féerique décor qui n'a pas son pareil.
Là, se montre flanqué de sa haute muraille,
Si souvent sans effet frappé par la mitraille,
Le château des Sept-Tours, dont sans cesse les flots
Viennent frapper les pieds avec de longs sanglots ;
Au-dessus des maisons, comme des auréoles,
Des sommets arrondis en forme de coupoles,
Ce sont des minarets entourés de balcons
Semés de tous côtés comme de blancs flocons ;
Puis ces moucharabis aux fenêtres grillées,
Par la main du sculpteur artistement fouillées ;
Et de tout ce décor, d'aspect oriental,
Assurément sur terre aujourd'hui sans rival,
Ensemble merveilleux aussi beau que féerique,
S'élance dans le ciel l'antique basilique
— Sainte-Sophie ! hélas ! à notre grand regret, —
Servant de temple vide aux fils de Mahomet.

C'est, aux siècles passés, dans cette vaste église,
Le jour trop mémorable où Byzance fut prise,
Que se passait le fait, dont pour vous, cher lecteur,
Je me fais, aujourd'hui, le pauvre narrateur.
C'était vers le matin de l'affreuse journée
Où la brèche assez large, enfin abandonnée,
Permit à Mahomet de lancer ses soldats
Tout prêts à se livrer aux plus grands attentats,
Et lui-même, entouré de sa garde fidèle
Plus soumise au drapeau, mais tout aussi cruelle,
S'avançant au galop, le cimeterre en main,
Vers la maison de Dieu se dirigeait soudain.
Affolés de terreur, les vaincus en délire
Dans ce moment terrible impossible à décrire,
Hommes, femmes, enfants, imbus du vain espoir
Que de les sauver tous leur temple a le pouvoir,
Se sont précipités dans la célèbre enceinte,
Où malgré cet espoir tous sont remplis de crainte.
Or, quand les coups de hache eurent du grand portail
Fait tomber les battants, on vit sur ce bercail
Destiné sûrement au plus dur esclavage,
S'il n'est anéanti par la horde sauvage,
Comme un troupeau de loups qui va tout dévorer
S'élancer les soldats prêts à les massacrer.

Mille cris déchirants poussés par les victimes
Se mêlent aux clameurs qui montent vers les cimes,
Redoublant de vigueur, quand dans la cathédrale
On annonce du chef l'approche triomphale.
  A ce moment suprême, et lorsque Mahomet,
Franchissant à cheval et le sabre au poignet
Le seuil du temple saint... au grand autel, un prêtre
Offrait le sacrifice à notre divin Maître,
Sans écouter des siens les sinistres rumeurs
Et des fils du Coran les affreuses clameurs,
Ne pouvant achever le divin sacrifice,
On le vit, saisissant l'hostie et le calice,
Sans se montrer ému, comme sans embarras,
Vers un caveau voisin porter alors ses pas,
Et lorsque, sans servant ainsi que sans escorte,
Il eut franchi son seuil, ô prodige!... la porte,
Murée en un instant, miraculeusement,
Le cachait tout à coup, bien opportunément.
Depuis, toujours debout, l'étonnante muraille,
Sans avoir des vainqueurs reçu la moindre entaille,
Rappelle aux visiteurs le fait miraculeux
Qui pour le Grec fervent n'a rien de fabuleux.

. . . .

Mais là ne finit point cette légende antique:

On dit qu'au jour prochain où dans la basilique,
Après avoir chassé le Turc spoliateur,
L'Hellène de nouveau pénétrera vainqueur,
Sortant de son caveau par la porte rompue,
Le prêtre achèvera la messe interrompue.

XII

LIENS BRISÉS

(SOUVENIR)

*A Madame ****

Grâce à mon âge mûr, sans être téméraire,
Je veux timidement, Madame, pour vous plaire,
Essayer de rimer un ancien souvenir.
Puissiez-vous agréer sans trop de déplaisir
Ce modeste regain du temps de ma jeunesse,
Qu'un ami bien sincère aujourd'hui vous adresse !
Il vous fera sans doute un moment réfléchir;
C'est là, pardonnez-moi, l'objet de mon désir :
Vous aimez, je dis plus, vous adorez la danse,
Et sans vouloir montrer par trop d'intolérance,
S'il calmait quelque peu votre bouillante ardeur,
Mon but serait rempli sans paraître grondeur.

C'était en dix-huit cent... mais qu'importe l'année?
Cette histoire, après tout, n'est pas imaginée,
Et quand le narrateur est, de plus, un témoin,
Du jour et de la date a-t-on donc tant besoin?
Pourquoi de ces détails en surcharger la trame?
Cela n'ajoute rien à l'intérêt du drame.
Je crois donc bien plus simple et vous trouverez mieux
Que je dise : Ce fait se passait sous mes yeux.
Or voici simplement la saisissante histoire
Qui sera pour toujours présente à ma mémoire,
Et produira sur vous, ou lectrice, ou lecteur,
La même impression qu'à moi son spectateur.
Sur le point d'épouser une femme adorée,
Un de mes bons amis, pour la grande soirée
Du contrat, comme on dit, vint me prier un jour,
Et comme il insistait, j'acceptai sans détour.
Or, suivant en cela l'usage obligatoire,
On devait du notaire écouter le grimoire,
Chacun l'enjoliver d'un parafe banal,
Puis aussitôt après commencerait le bal.
Pour plaire à mon ami plus que par politesse,
Le grand jour arrivé, fidèle à ma promesse,
Je me trouvais parmi les nombreux invités
Encombrant trois salons, vrais palais enchantés,

Où je ne vis jamais sur les longues banquettes
S'étaler à mes yeux de plus fraîches toilettes ;
Flots vaporeux de gaze, et satins, et velours,
Perles et diamants, trop ravissants atours,
Profane connaisseur, je ne puis vous décrire,
Mais avec vérité, tout ce que je puis dire,
C'est qu'ils ne juraient pas avec toutes les fleurs
Étalant dans les coins leurs brillantes couleurs.
Près du feu, le notaire achevait la lecture,
Et quand chaque parent eut mis sa signature,
Suivant le vieil usage, et sans trop se presser,
Aux accords de l'orchestre on se mit à danser.
La musique était bonne, et si toutes les mises
Plus que jamais ce soir me parurent exquises,
Je remarquais de même, aimables jeunes gens,
Le plus joyeux entrain dans vos groupes charmants;
Je ne sais quoi d'heureux, au moins en apparence,
Imprimait à vos fronts et donnait à la danse
Un air tout à la fois plein de grâce et joyeux
Bien fait sous ces lambris pour charmer tous les yeux.
Insensible au plaisir que la jeunesse adore,
Ne prenant nulle part aux jeux de Terpsichore,
Pareil aux deux Romains d'un célèbre tableau
Qu'on voit si bien campés sous leur brillant arceau,

Je me tenais debout entre une double porte,
Voyant se dérouler la joyeuse cohorte
Que je suivais des yeux, mais non pas au hasard,
Car un groupe surtout attirait mon regard.
Eh! oui, je contemplais la belle fiancée,
Au milieu des salons si tendrement bercée
Dans les bras amoureux de ce futur époux
Dont tous les jeunes gens semblaient être jaloux;
Quand soudain je le vis, étrange phénomène!
Comme sous un fardeau trop pesant perdre haleine,
Et, pliant sous le poids qu'il ne peut plus porter,
Sans s'expliquer pourquoi, tout à coup s'arrêter;
On le pense, aussitôt la valse est suspendue,
Vers lui je vois courir sa famille éperdue;
L'infortuné jeune homme, hélas! entre ses bras
Enlaçait un cadavre et ne s'en doutait pas!

TABLE

PREMIÈRE PARTIE

HEURES PERDUES

(Suite)

DEUXIÈME PARTIE

LÉGENDES ET SOUVENIRS

A PARIS

DES PRESSES DE D. JOUAUST

Imprimeur breveté

RUE SAINT-HONORÉ, 338

M DCCC LXXXIII

www.ingramcontent.com/pod-product-compliance
Ingram Content Group UK Ltd.
Pitfield, Milton Keynes, MK11 3LW, UK
UKHW022109190726
13855UKWH00002B/738

9 782013 26603